Franziska Gänsler • Ewig Sommer

Franziska Gänsler
Ewig Sommer

Roman

KEIN & ABER
POCKET

Ebenfalls von Franziska Gänsler:
Wie Inseln im Licht

1. Auflage März 2024
2. Auflage April 2024
3. Auflage September 2024

Coverbild: Jessica Brilli
Covergestaltung: Hannes Aechter, Berlin
Satz: Dörlemann Satz, Lemförde
Druck und Bindung: CPI books GmbH, Leck
ISBN 978-3-0369-6175-0
Auch als eBook erhältlich

www.keinundaber.ch

1

Die Frau und das Kind kamen an einem Dienstag. Seit Wochen waren da bereits keine Gäste mehr bei mir abgestiegen. Wegen der andauernden Gefahrenlage waren die Messen abgesagt oder verlegt worden, und andere Gründe, in unsere Gegend zu kommen, gab es anscheinend nicht mehr.

Obwohl bereits Oktober war, hatte die Hitze der vergangenen Tage die Brände noch einmal angefacht. Im Garten konnte man die Hubschrauber hören, die über dem Wald kreisten, außerdem alle zwei Stunden die Durchsagen der Polizei, die die Orte in der Umgebung abfuhr: *Bleiben Sie zu Hause, tragen Sie eine Schutzmaske, halten Sie Fenster und Türen geschlossen. Bleiben Sie zu Hause, tragen Sie eine Schutzmaske, halten Sie Fenster und Türen geschlossen. Bleiben Sie zu Hause.* Sie wurden lauter und leiser, kamen und gingen.

Ich hatte mich gesonnt, stand jetzt im Morgenmantel in der kühlen Eingangshalle.

»Haben Sie ein Zimmer frei?«

Es dauerte eine Weile, bis meine Augen sich an die Dunkelheit gewöhnt hatten und ich die beiden erkennen konnte. Mir gegenüber standen eine Frau und ein kleines Mädchen, ich schätzte es auf drei oder vier Jahre. Die Frau war etwa in meinem Alter, Mitte, vielleicht Ende dreißig. Sie trug ein helles Kleid, hatte einen kleinen Rollkoffer neben sich, das Kind an der rechten Hand, eine Handtasche über der Schulter. Mir fiel auf, dass weder sie noch das Kind eine Maske anhatten, aber vielleicht hatten sie schon eine Weile auf mich gewartet und diese verstaut. Ihre Beine und Schuhe waren staubig und grau, sie brachten den Geruch des Waldes herein, den Geruch nach verbrannten Blättern und Rauch.

Ich ging voraus durch den kleinen Speisesaal, durch die Terrassentüre in den Garten. Ein niedriger Holzsteg, im Stil einer japanischen Veranda, führte von der Terrasse zu den Zimmern. In der Mitte lag der Fischteich, daneben stand der kleine Zierahorn, dessen Blätter rot leuchteten. Eine junge graue Katze schlich durch das harte Schilfgras, blieb stehen, starrte uns an.

Ich wusste, dass der Garten für die meisten Gäste

eine Überraschung war. Er passte nicht zum Rest des Hotels, zur dunklen Eingangshalle, zum Speisesaal mit den Holzmöbeln und den dunkelgrünen Gardinen, nicht zum Namen, der, einfallslos genug, der Name des Orts war: Hotel Bad Heim. Mein Großvater hatte den Garten auf diese Art angelegt, in einem Sommer, den meine Mutter und ich hier verbracht hatten. Ich, zwischen der ersten und der zweiten Klasse, und meine Mutter, die alles liebte, was japanisch war. Zufällig passte er jetzt in die Zeit, denn bis auf das Teichbecken benötigte er kaum Wasser.

Der Himmel drückte vom Wald her. Als wir über den Steg gingen, bemerkte ich, dass die Frau hinter mir stehen geblieben war. Ich folgte ihrem Blick zu den braunen Wolkentürmen über dem Brand, hinter dem Fluss, wo der Forst fast ausschließlich aus Nadelholz bestand. Ich fragte mich, ob sie vielleicht nichts von den Bränden gewusst hatte, ob die beiden durch irgendeinen Zufall hier gelandet waren. Für jemanden, der nicht daran gewöhnt war, der nicht damit gerechnet hatte, musste eine gewisse Bedrohung in diesem Anblick liegen. »Keine Angst«, sagte ich deshalb. »Da brennt nur die Strauchschicht ab. Und dazwischen fließt der Bruch. Die Feuer bleiben auf der anderen Seite.«

Ich sperrte die letzte Tür der Reihe auf, Zimmer Nummer fünf. Innen fächerte sich die Nachmittagssonne durch die geschlossenen Läden über das Bett und den Teppich.

Das Kind war im Garten geblieben und beobachtete die Katze. Die Frau sah sich um, stellte den Koffer neben die Tür. Ich fragte, ob ich ihr die Läden aufmachen solle. Das Zimmer war das einzige, das ein zweites Fenster hatte, es ging zur Wiese hinter dem Haus, hinauf zum Wald. Die Frau lächelte mich an.

Ich legte den Schlüssel auf ein kleines Tischchen. »Sie können hier abendessen, im Ort haben die Restaurants geschlossen.« Mir fiel ein, dass ich vergessen hatte, ihre Daten aufzunehmen. »Ihren Namen bräuchte ich noch«, sagte ich, »und Ausweise, bitte.«

Sie nickte, lächelte erneut. »Kann ich Ihnen die später bringen? Ich weiß gerade nicht, wo ich sie habe. Ansel heißen wir, Dorota und Ilya.«

Sie buchstabierte mir die Namen, ich sagte meinen und fügte hinzu, dass sie mir Bescheid geben sollte, wenn sie etwas brauchte. Dann verabschiedeten wir uns. Als ich mich bei der Tür noch einmal zu ihr umdrehte, hatte sie sich auf das Bett gesetzt und ihre Schuhe abgestreift. Das freundliche Lächeln hatte ihr Gesicht verlassen. Stattdessen lag etwas Angespanntes um ihre Augen, als wäre sie mit den Gedanken sofort davongezogen, nicht erwartend, dass ich mich noch einmal umsehen würde.

Für den Rest des Tages sah ich die beiden nicht mehr. Ich rauchte, sonnte mich, hörte Musik. Gegen Abend machte ich mir einen Teller mit Ölsardinen und Tomaten aus der Dose. Ich überlegte, ob ich etwas für die Frau und das Kind herrichten sollte, aber ich entschied mich abzuwarten. Falls sie etwas brauchten, hatte ich genug für ein einfaches Essen, tiefgekühlten Fisch, Kartoffeln, Brot, Käse, Eier, außerdem einige Konserven.

Im Speisesaal verfolgte ich die Nachrichten. Die ungewöhnliche Hitze hielt noch an, kein Regen in Sicht. Ich hatte die Eingangstür und die Schiebetür zum Garten geöffnet, und ein warmer Wind zog durchs Haus. Der nicht enden wollende Sommer brachte eine seltsame Unruhe, eine Hilflosigkeit mit sich, die ich die meiste Zeit zu ignorieren versuchte. Irgendwann musste es abkühlen, Wolken würden sich bilden, es würde regnen. Der Herbst würde kommen. Ein Glauben an eine alte Normalität, der bisher von den Meteorologen jeden Tag aufs Neue aufgeschoben wurde. Ratlos beobachteten wir die Temperaturkurve, die rote und die blaue Linie, die Tag und Nacht anzeigten und unverändert hoch blieben, unverändert nah beisammen. Jeden Tag die Hoffnung auf ein

Absinken, zumindest der blauen Linie, auf kühlere Nächte, auf verschieden temperierte Luftmassen, die über dem Wald aufeinanderstoßen könnten. Jeden Tag die Hoffnung auf Wolken, auf Regen. Jeden Tag das *immer noch nicht*. Jeden Tag das *irgendwann muss es brechen, wird es brechen*. Warten.

Der ewige Sommer verstärkte nicht nur meine Angst vor den Bränden, sondern auch meine Ratlosigkeit. An Feuer im Juli und August hatte ich mich gewöhnt, doch nun warteten wir schon seit Mitte September darauf, dass die Erde wieder feucht wurde und die Luft klarer.

Ich ging meine übliche Runde durch den Garten, fütterte die Fische, verjagte die Katzen, hob erste gefallene Blätter von der Wasseroberfläche. Die Feuer roch ich kaum an diesem Abend, der Wind kam vom Ort. Bald würde es aufhören zu brennen. Es handelte sich nur noch um Tage.

Von einer der Liegen blickte ich in den pinkfarbenen Himmel, wartete, bis es dahinter schwarz wurde, bis nur das Leuchten des Waldes blieb, weit hinter dem Bruch. Ich zündete mir eine Zigarette an und ging langsam über den Kies zum Zaun, hinter dem sich die braune Rasenfläche bis zum Waldrand zog. Ich blickte zum Zimmer, in das die Frau und das Kind eingezogen waren. Sie hatten es nach ihrer Ankunft nicht mehr verlassen, und nun war es dunkel dort, hinter den Läden, dunkel und still. Der Fernseher lief nicht, und niemand sprach. Mir fiel ein, dass ich die Frau nicht gefragt hatte, wie lange sie vorhatten zu bleiben. Eine Nacht, schätzte ich.

Irgendeinen Grund musste die Mutter haben, mit dem kleinen Kind hier zu bleiben, wo momentan durch die Maßnahmen alles so eingeschränkt war, die Luftqualität überdurchschnittlich schlecht. Wahrscheinlich waren sie auf der Durchreise, hatten umsteigen müssen, waren stecken geblieben. Ich stellte mir ein Gleis vor, das der Hitze nicht standgehalten hatte. Ausgefallene Klimaanlagen und unzumutbare Temperaturen in den Abteilen.

Ich ging zurück zu meiner Liege, nahm den Schlüsselbund und verließ das Hotel über den Haupteingang. Im Vorraum stand ein Kinderwagen, ein zusammengefalteter Buggy, den ich zuvor nicht bemerkt hatte.

Die Straßen waren leer. Ich ging langsam durch den Ort. Vorbei an den mit Silberfolien abgeklebten Fenstern, am Spielplatz, der im Sommer gesperrt worden war, um Aufenthalte von Kindern im Freien zu reduzieren. Eine Gruppe Jugendlicher saß oben auf einem Klettergerüst. Sie rauchten und steckten die Köpfe zusammen, ihre Gesichter reflektierten das Licht ihrer Handys, helle Inseln im Dunkel. Ich hörte sie lachen. Einer bewegte sich, hielt sich an der oberen Stange fest und zog sich langsam daran nach oben. Sein grauer Rücken, seine grauen Schultern, es sah leicht aus, dieses Auf und Ab, als bräuchte es kaum Kraft.

Ich blieb eine Weile an der Kreuzung stehen und lauschte den Stimmen, dem Lachen, dem Bass, dem Gewebe aus echten Geräuschen und denen, die aus den Handys kamen. Die Ampelphasen blieben ungenutzt, ein Zug fuhr durch den leeren Bahnhof. Schilder an den Laternenmasten warnten vor dem Feuer, vor der Luft, illustrierten das korrekte Verhalten. Linienzeichnungen von Köpfen mit Rauchschutzmasken, Kindern und Alten neben einem Thermometer, Notrufnummern, eine Karte, auf der die Sammelpunkte für mögliche Evakuierungen markiert waren.

Die Ausgangswarnungen galten schon seit Mitte April. Die Lage änderte sich täglich, mit der Windrichtung, mit dem Erfolg der Löscharbeiten, mit dem Wetter. Häufig trug der Wind den Rauch in den Ort. Alte und Kinder blieben im Haus, hinter den Scheiben, an den Bildschirmen, die das Umland abbildeten. Alle beobachteten die Fluktuation roter, oranger und gelber Felder, die anzeigten, wie hoch der gemessene Wert der Schwefelverbindungen in der Luft war.

Bad Heim. Das waren niedrige Häuser, gepflasterte Vorgärten, leere Straßen. Wegweiser, die auf Orte deuteten, die es nicht mehr gab, zum Kurbad, zum Casino, in die Weinberge. Plakatwände. Dahinter Gemeindebauten, die wie Berge einen weißen Horizont markierten, Balkone über Balkonen, in denen das Private neben dem Privaten stand, getrennt durch Wände aus Milchglas. Kratzbäume, Vogelhäuser, Plastikmöbel mit festgeklemmten Plastiktischdecken, Wäscheständer, Standfahrräder. Der leer stehende Bunker des Grandhotels, der unvollständige Schriftzug, der an der Fassade in den Himmel stieg, die alten Gardinen. An vielen Häusern noch der Hinweis, dass sie einmal Pensionen beherbergt hatten, grüne Tafeln, die für immer freie Zimmer, Erholung und gute Luft versprachen.

Ich spazierte am Bahnhof vorbei, über die Gleise, den Teerweg entlang. Nach der letzten Laterne kam rechts die Wiese. Von hier konnte man mein Hotel am Ortsrand sehen, das einzige, das es noch gab in Bad Heim. Das Fenster von Zimmer Nummer fünf lag schwarz in der Hauswand. Ich sah, dass die Frau die Läden doch noch geöffnet hatte.

Im hellen Kreis der Außenlampe meine kleine Welt. Drei Liegen, ein Tischchen. Da stand meine Lautsprecherbox, mein Aschenbecher.

Über die Wiese ging ich auf die Lücke im Zaun zu und betrat den Garten. Als ich schon nah am Gebäude war, bemerkte ich eine kleine, blasse Form hinter dem Fenster. Erst als sie sich bewegte, erkannte ich, was ich sah. Da wurde eine Fußsohle an die Scheibe gedrückt, von jemandem, der dort im Dunkeln saß. Ein Schreck durchfuhr mich. Ich hatte geglaubt, dass die Frau und das Kind schliefen, aber anscheinend saß dort die Mutter am Fenster, im Dunkel, den Blick nach draußen, zum Wald hin. Sie musste mich kommen sehen. Ich ging schnell vorbei und achtete darauf, mich nicht in ihre Richtung zu drehen, ganz, als wäre ich in Gedanken woanders. Dabei blieb mir das Bild der Fußsohle als seltsam unangenehme Erinnerung, die blassen Zehen, die Ballen, die gegen das Glas drückten, als ginge es darum, den Raum auszudehnen.

2

Am nächsten Morgen überzog Asche die Wiesen, weiche graue Flocken drehten sich in den Ecken des Gartens, lagen auf dem Wasser. Der Himmel war braun, tiefe Wolken türmten sich aus dem Wald, der Wind hatte in der Nacht wieder gedreht. Er war weiterhin warm, zu warm, und brachte einen bitteren Geruch mit sich. Ich dachte an die Einsatzkräfte, an ihre Rufe zwischen den Stämmen, an schnelle Kommandos, Stiefel, die über den Waldboden brachen.

Das Mädchen, Ilya, saß allein im Garten, als ich aus meinem Zimmer kam.

»Du bist ja früh auf.« Ich lächelte ihr zu, aber sie sah mich nur an und widmete sich wieder ihrem Spiel. Mit einem kurzen Stock stocherte sie im Kies, mischte Asche mit Steinen und verbranntem Laub. Ich dachte an die Empfehlung, dass Kinder sich nicht zu lang draußen aufhalten sollten, an die gesperrten Spielplätze, Freibäder und Parks, aber ich fühlte mich nicht wohl damit, mich in die Situation der beiden einzumischen. Seit Jahren waren nur noch Einzelreisende bei mir abgestiegen, die es schätzten, dass ich sie in Ruhe ließ. Familien fuhren nicht in Brandgebiete, und ich hatte auch sonst kaum Erfahrung mit Kindern. Die wenigen Bekannten, die in meinem Umfeld Eltern geworden waren, waren weggezogen. Paula, Helene. Kurz überlegte ich, Baby anzurufen, meine Nachbarin, um sie zu fragen, ob ich etwas zu beachten hatte, aber das Mädchen wirkte zufrieden, vertieft in sein Spiel. Es schien nicht notwendig, es zu stören, etwas zu erklären.

Wie jeden Morgen überprüfte ich den Ahorn, untersuchte die roten Blätter auf Löcher, auf kleine graue Blasen, auf Schäden von der Hitze, der Trockenheit, dem Rauch, aber es war nichts zu erkennen. Noch einmal überdachte ich den Aufenthalt des Mädchens im Garten und checkte die App, bewertete die Daten für den Tag. Die Konzentration war nicht besorgniserregend, Bad Heim und alles südlich des Bruchs lag unter einer hellgelben Fläche. Ich entschied, dass die gängigen Vorsichtsmaßnahmen für langfristige Aufenthalte galten, für Kinder, deren Alltag im Großraum von Brandorten stattfand. Dieser eine Morgen würde wohl kaum Schaden anrichten.

Im Vorbeigehen sagte ich ihr, dass ich mich um das Frühstück kümmern würde, aber sie reagierte nicht. In der Küche machte ich Kaffee und heiße Milch, legte Toastbrot, Marmeladen- und Butterpäckchen auf zwei Teller, stellte alles auf einen Tisch am Fenster, holte den Kinderstuhl aus der Abstellkammer. Frisches Obst hatte ich nicht da, also füllte ich eine Konservenmischung in eine große Glasschale. Gelbe, weiße und orange Brocken, grellrote Kirschen in dickflüssigem Saft. Durch die trübe Scheibe sah ich, dass das Mädchen noch immer allein im Garten war. Die Zimmertür der Mutter stand einen Spalt offen, was mir zuvor nicht aufgefallen war. Vermutlich packte sie schon alles zusammen, duschte, machte das Bett. Ich dachte an die Asche, die währenddessen durch den Spalt in das Zimmer drang. An den grauen Flaum in den Teppichfasern, in den Laken und Handtüchern. Dachte daran, wie ich später mit dem Staubsauger über den Boden fahren, wie ich dabei eine helle Spur hinterlassen würde.

Ich trank meinen Kaffee am Hinterausgang der Küche, rauchte eine Zigarette dazu, aß den Rest von einem abgepackten Hefezopf. Hier, bei den Mülltonnen, strichen die Katzen herum, schoben ihre dünnen Körper durch die Ritzen im Zaun. Kamen und gingen, kamen und gingen.

Als ich den Garten wieder betrat, war es fast

neun. Das Mädchen saß jetzt am Rand des Teichs, rote Fischmünder tauchten durch die Wasseroberfläche, schnappten nach der Asche, als wäre es Futter, verschwanden wieder. Der Wasserpegel war zu niedrig, aber seitdem der Verbrauch wieder eingeschränkt worden war, konnte ich den Teich nur noch einmal die Woche auffüllen.

Ich setzte mich auf eine der Liegen in der Nähe des Kindes. Ich überlegte, ob es Hunger oder Durst hatte, ob ich es noch einmal ansprechen, ihm etwas Frühstück nach draußen stellen sollte, aber es schien weit entfernt. Nach einer Weile stand ich auf, holte den Besen, fegte mich Strich für Strich über die Veranda, hin zur Tür mit der Nummer fünf. Das Zimmer dahinter schien völlig still zu liegen. Als ich am Ende der Veranda angekommen war, fegte ich vorsichtig an der Hauskante entlang. Durch den Türspalt sah ich nur wenige Zentimeter des Raums. Einen Streifen Teppich, die Bettkante und darüber, reglos, die hellen Kniekehlen der Mutter, ihre übereinandergelegten, angewinkelten Beine. Ihr Rücken musste zur Tür gedreht sein, der Körper unbedeckt auf dem Bett, in sich zusammengerollt, wie der eines kleinen Kindes.

Asche war leichter als normaler Staub. Sie blieb haften, und wenn man sie abstreifte, kam sie sofort zurück. Ich fegte leise denselben Weg zurück. Vor mir sank langsam ein glühendes Blatt herunter, auf das Holz des Geländers. Seine alte, in sich gekrümmte Form war noch intakt, aber zwischen den schwarzen Adern blieben nur weiße, verglommene Waben zurück. Ich lehnte den Besen an die Hauswand, nahm das Blatt vorsichtig auf die Hand, schützte es vor dem Wind und trug es zu dem Kind.

»Hast du so etwas schon mal gesehen?« In der Hocke öffnete ich langsam die Hände. Das Mädchen sah neugierig in die Höhle, die meine Finger bildeten, rückte vorsichtig näher. Für einen Moment saß das Blatt dort wie ein Falter, dann hob es der Wind davon. Es zerfiel knapp über unseren Gesichtern, löste sich auf.

»Ilya!« Die Mutter stand jetzt im Türspalt. Sie trug ein weißes Kleid, die Haare im Nacken zusammengebunden. »Entschuldigen Sie bitte«, sagte sie an mich gerichtet, dann, zu ihrer Tochter: »Ilya, komm, lass Frau Lehmann in Ruhe ihre Arbeit machen.«

Ich richtete mich auf, lächelte. »Das ist kein Problem.« Ich bemerkte, dass sie dieselben Schuhe trug wie bei ihrer Ankunft, dass die Riemchen noch immer grau und staubig waren. Die Frau sah müde aus, erschöpft, als hätte sie kaum geschlafen.

Das Mädchen zwischen uns blickte weiter in den Himmel, suchte noch immer nach dem zerfallenen Blatt.

»Möchten Sie etwas frühstücken, Frau Ansel?«, fragte ich. »Einen Kaffee?«

Ihre Reaktion kam leicht verzögert, als dauerte es einen Moment, bis die Frage durch ihre Gedanken gedrungen war. Dann lächelte sie mir zu, nickte und zog die Tür hinter sich zu. Ihre Absätze klangen schnell mit ihren Schritten auf dem Holz.

Als beide am Tisch saßen, schloss ich hinter uns die Terrassentür. Die Mutter rauchte und blickte nach draußen, zum Wald. Etwas Nervöses ging von ihr aus. Ihre Zehen und Mundwinkel schienen unter konstanter Spannung zu stehen, mussten bewegt werden. Sie schabte mit dem Zeigefinger über den Daumennagel, griff ins Nichts, drehte die Handgelenke. Sie sprach kaum mit dem Mädchen, lächelte mich aber jedes Mal an, wenn ich an ihren Tisch trat, um etwas zu bringen oder abzutragen. An den Rändern dieses Lächelns saß eine gewisse Zurückhaltung, die deutlich machte, dass es sich um eine Höflichkeitsgeste handelte, um gutes Benehmen, nicht um den Wunsch, in Kontakt zu treten. In dieser Anspannung erkannte ich eine Ähnlichkeit zu meiner Mutter, auch wenn die Frau sonst nicht viel mit ihr gemein hatte. Ihre Augen hatten eine ungewöhnliche Farbe, zwischen Grau und Grün, sie war groß und schmal, ihr Gesicht hatte klare Kanten. Der Scheitel, die Brauen, die

Wangenknochen, der Kiefer, die Linie ihrer Lippen. Sie war ungewöhnlich schön, aber über ihrer Schönheit lag eine Abwehr, in ihrem ausweichenden Blick, in der Art, wie sie sich bewegte, als wollte sie nicht, dass andere sie ansahen. Meine Mutter war weich gewesen, eine Form, die mit der Umwelt zu verschwimmen schien, immer hungrig nach Aufmerksamkeit, Zuwendung, Bestätigung.

»Kann ich bei Ihnen schon rein?«, fragte ich die Frau, als alles bereitstand.

»Danke, das ist nicht nötig.«

Ich wischte die Nebentische, die Stuhllehnen. Asche überall. »Wissen Sie, wie lang Sie hierbleiben?«

Sie zog an der Zigarette. »Nicht genau«, sagte sie. »Ist das in Ordnung?«

Ich sagte ihr, dass das Hotel wegen der Brände ohnehin leer stand, folgte dann ihrem Blick über den Garten, über die Wiese, zum Waldrand.

»Sie brauchen wirklich gar keine Angst zu haben«, versicherte ich noch einmal und lächelte dem Mädchen dabei zu. »Die Feuer bleiben am Boden. Bei uns ist es nur die Luft, wissen Sie, wenn der Wind vom Wald kommt.« Ich zeigte den Lappen, der von der Asche grau war. »Es ist einfach schon zu lange zu heiß, der Wald ist zu trocken.« Ich zuckte mit den Schultern. Es war ein Satz, der oft gesagt wurde, den ich selbst schon oft gesagt, oft gehört hatte. Mir fiel ein, dass ich verpflichtet war, Reisende über die aktuelle Gefahrenlage zu informieren, über das richtige Verhalten, über die Schutzmaßnahmen. »Haben Sie eine Maske? Die bräuchten Sie, wenn Sie länger rauswollen.« Ich holte einen Flyer und zwei neue, eingeschweißte Masken von der Rezeption. Eine für Erwachsene, eine für Kinder. »Hier steht alles drauf. Der Sommer war schlimm, aber jetzt wird es dann wieder ruhiger, wenn der Herbst kommt. Wenn es regnet.«

Sie nickte, bedankte sich, nahm die Dinge, die ich ihr entgegenhielt. Sie schien die Informationen zu überfliegen, legte dann das Papier und die Masken vor sich auf den Tisch und schob ihren Teller, den sie nicht angerührt hatte, beiseite. Neben ihrer Kaffeetasse lag ihr Handy, sie nahm es in die Hand, legte es ab, nahm es wieder. Als es aufleuchtete, sah ich, dass jemand versuchte sie anzurufen. Die Frau drehte das Display nach unten, zur Tischplatte.

Als das Kind satt war und seine Milchtasse leer, durfte es aufstehen und zurück in den Garten gehen. Die Mutter blieb am Tisch. Durch die offene Tür kam sofort der Rauchgeruch.

Wir beobachteten die Tochter, die wieder zum Teich ging, sich bückte und ihre Fingerspitzen durch die Aschehaut zog, die auf dem Wasser lag.

»Ilya denkt, das ist Schnee, die Asche«, sagte die Frau mit einem kurzen Lachen. Ich sah ihr Gesicht dabei in der Reflexion der Scheibe. Sie lächelte nicht. Ihre Zigarette glomm auf, sie inhalierte, blies dann den Rauch zwischen sich und das Glas. Wieder fiel mir auf, wie unruhig sie war, dass sie ihre Hände nicht stillhalten konnte. Ein goldenes Kettchen an ihrem linken Arm warf mit den Bewegungen schnelle Lichtreflexe an die Wand.

Ich versuchte mich zu erinnern, wann wir zuletzt Schnee gehabt hatten. Es musste fünf, sechs Jahre her sein, ganze Kindheiten, dachte ich, ohne Schnee. Die Frau drückte die Zigarette aus, nahm den Flyer, die Masken und das Handy und stand auf. Während ich den Tisch abdeckte, sah ich, wie sie sich draußen auf eine der Liegen setzte. Ilya pustete in die Asche, ich sah sie lachen, sah, wie die kleinen Flocken vor ihrem Mund davonstoben.

In den Tagen, die folgten, stellte sich eine Regelmäßigkeit ein, in der ich von den beiden wenig mitbekam. Ich schlief schlecht, hustete nachts und schwitzte, war tagsüber oft müde. Ich wachte früh auf, immer in der Hoffnung, dass die Meteorologen falschgelegen hatten, dass die Nacht einen Umschwung gebracht hatte, aber die Hitze hielt.

Manchmal kam Baby an den Zaun. Sie schwitzte und war begeistert, dass jemand Neues in den Ort gekommen war, noch dazu jemand mit Kind. Wer waren die beiden? Wo kamen sie her, und wieso wusste ich nichts zu berichten? Sie lachte und schlug mir dabei auf die Schulter. Wir standen in der Morgensonne, zwischen dem Garten und dem Wald. Die Brände, das Wetter, unverändert. Dann ging Baby zurück zu sich, über den Pfad durch das harte Gras.

Ich überprüfte den Zustand meines Baums, richtete das Frühstück. Wenn der Wind vom Ort kam, öffnete ich die Fenster und Türen und ließ ihn durch das Haus. Dann saß ich mit meinem Kaffee im Garten, rauchte und las, bis irgendwann Ilya nach draußen kam. Sie spielte für sich allein, beobachtete die Fische, schob Kieselsteine umher. Manchmal trug sie eine Plastikfigur oder eine Puppe mit sich herum. Ich hatte einige Spielsachen von früher nach draußen geräumt, Eimerchen und Schaufeln, einen kleinen Rechen. Dinge, mit denen ich selbst als Kind schon gespielt hatte. Es freute mich, diese Sachen wieder in Verwendung zu sehen und Ilya mit ihnen zu beobachten. Sie grub Löcher und schaufelte Kies, und in ihren Selbstgesprächen hörte ich, dass sie sich verschiedene Szenarien zurechtspann.

Ich merkte, dass sie mich beobachtete, wenn

ich begann, die Dinge zu erledigen, die Tag für Tag im Hotel anfielen. Obwohl wir kaum miteinander sprachen, mochte ich das Gefühl, dabei nicht länger allein zu sein. Ilya in meinem Rücken, fegte ich die Veranda, wischte die Asche von den Stühlen, den Tischchen und Liegen. Die Vergangenheit schob sich über die Gegenwart in diesen Momenten. Ich erinnerte mich, selbst im Garten gestanden zu haben, an meinen eigenen Blick auf den gebeugten Körper der Tante, ihr konzentriertes Gesicht über Schleifen aus Wasser und Schaum. Die Steine unter meinen Fußsohlen und meine Mutter neben mir, ihre weißen, weichen Arme in der Sonne.

Sie war in Bad Heim aufgewachsen. Mit sechzehn war sie weggegangen, mit zwanzig hatte sie mich bekommen, mit zweiunddreißig war sie gestorben. Ich wusste als Kind nicht, warum sie das alles so hasste, das Hotel, den Großvater, die Tante, alle, die hiergeblieben waren, außer Baby. Wenn die Mutter mit mir nach Bad Heim fuhr, dann immer plötzlich, fluchtartig, immer dann, wenn es keine andere Option mehr gab. Je näher wir dem Ort kamen, desto unruhiger wurde sie. Blicke, die an mir vorbeigingen, ihre Hände hart auf dem Lenkrad, ihre pinkfarbenen Nägel, das lange Ziehen an ihren dünnen Zigaretten. Für mich war es der einzige Ort, zu dem wir immer wieder zurückkehrten. Unser Koffer auf der Rückbank. Der Großvater, der schon vor dem Haus wartete, der mich hochhob, meine Mutter, die sich nicht umarmen oder küssen ließ, die nur ein seltsames Lächeln für ihn übrig hatte. Ein Lächeln wie aus Glas, wie alles an ihr, sobald er in ihre Nähe kam.

Vielleicht dachte er, wir würden bleiben, wenn er das mit dem Garten gut hinbekam, aber für meine Mutter gab es nichts hier als den Bahnhof. Den Bahnhof und den Himmel.

In diesem einen Sommer nach der ersten Klasse, da stapelten sich auf seinem Tisch im Speisesaal neben dem Aschenbecher alte Bildbände und Reiseführer. Der Großvater studierte sie durch den Rauch seiner Zigaretten, durch trübe Brillengläser. Männer aus dem Ort kamen und montierten das Vordach, die Pfeiler, den Weg. Der Großvater stand im Unterhemd in der Sonne und hob mit einem Spaten ein Loch in der Mitte des Gartens aus, für den Teich.

Den Rasen, die Gemüsebeete, das Schaukelgerüst – alles, was zuvor da gewesen war, hatte er planiert. Kies wurde geliefert, und er trug den Berg ab, Strich für Strich, mit einem riesigen Rechen. Stand im Staub und zog langsame Bahnen, legte eine Fläche aus Steinen, aus ebenmäßigen Rillen, über der Erde, um das Loch, um den Ahorn, der neu und noch winzig war. Zuletzt kamen die Fische.

Meine Mutter saß oder lag in einem gelben Kimono am Fenster oder im Garten. Sie rauchte, telefonierte, schrieb in ihr Tagebuch. Sie sah ihm zu, als ginge nichts davon sie etwas an.

Ich stand am Rand. Ich erinnere mich an mein Mitleid mit ihm, an seine dünnen, alten Arme, an den Koffer, der unausgepackt blieb, aus dem wir jeden Tag irgendetwas herauszogen und es dann von der Wäscheleine direkt wieder hineinlegten.

Wochen, die langsam in den Herbst kippten, die Mutter, die zunehmend bewegungslos schien. Auf der Gartenliege, im Bett. Für die es irgendwann schwer geworden war, die Zigarette zum Mund zu führen, den Kamm zum Haar, den Spiegel in der einen, den Lippenstift in der anderen. Zittriges Rot oder Pink, über die Linien ihrer schönen Lippen hinaus. Dinge, die ihr aus den Fingern glitten und zu Boden fielen, Bücher und Gläser, bis ich sie aufhob, oder der Großvater, oder die Tante, oder Baby. Scherben, Brandlöcher. Baby, die meiner Mutter das Haar wusch und schnitt, die blonden Locken auf dem Teppich.

Die Mutter: »Dass ich mir nicht schon lang einen Strick gekauft hab.« Zu ihrem Spiegelbild, zur Schwester, zu mir. Baby, die die Einzige war, die darüber hatte lachen können.

Baby, die noch da war. Die es liebte, dass der Wald brannte, dass dadurch eine Form von Dramatik den Ort ergriff, ihrer Langeweile etwas entgegengesetzt wurde. Wir waren noch übrig, Baby und ich.

Nach den Arbeiten im Garten absolvierte ich meine Runde durch die vier freien Gästezimmer. Die kleine Wohnung, in der ich schlief, lag auf der anderen Seite des Gartens, neben dem Lager und dem Abstellraum für Gartengeräte, Liegen, Sonnenschirme und Ähnliches. Hinter der Tür mit der Aufschrift *Privat* befand sich meine Wohnung: zwei Zimmer und ein kleines Bad. Zuerst hatten meine Großeltern allein hier gewohnt, später mit meiner Mutter und ihrer Schwester, dann der Großvater allein mit den Töchtern, der Großvater und die Tante, dann irgendwann er und ich. Seitdem das Hotel meistens leer stand, hielt ich mich kaum noch dort auf. Ich schlief in einem der Zimmer, ich benutzte das Bad, ansonsten hatte ich nach und nach die ungenutzten Gemeinschaftsräume zu meinen gemacht.

Während ich staubsaugte, die Betten auslüftete und wischte, blieb Ilya im Garten. Manchmal hielt sie in ihrem Spiel inne, und wenn ich merkte, dass sie hersah, lächelte ich ihr zu. Ab und zu erklärte ich, warum eine Sache erledigt werden, warum manches warten musste. Das Auslüften der Decken nur, wenn der Wind vom Ort kam. Das Trocknen der Wäsche ausschließlich in Innenräumen. Das Füllen des Teichs einmal wöchentlich. »Willst du mir helfen?«, fragte ich, und zu meiner Überraschung nickte sie und kam näher. Ich gab ihr einen Korb mit kleinen Seifen, und gemeinsam tauschten wir in den Badezimmern die ungenutzten Päckchen gegen neue aus.

Baby kam über die Wiese, blieb auf der anderen Seite des Zauns stehen, winkte uns zu, brüllte ihren immer selben Gruß: »Tu mer heut wieder nix?«, gefolgt von ihrem Raucherlachen. Aus ihrer Schürzentasche nahm sie eine weiche Schokolade für Ilya, die auf der Veranda stehen blieb, das Körbchen in der Hand. Den Blick bei Baby, bei der Schokolade auf einem der Zaunpfosten. »Hol dir die, bevor's die Viecher finden.« Babys graue Zahnreihen, ihre goldene Kette auf der weichen Haut, die alte, fettige Maske unter dem Kinn. Sie war zu massig, um sich durch den Spalt im Zaun zu schieben.

Ich freute mich immer, sie zu sehen. Alles an ihr kam sofort an die Oberfläche, jeder Gedanke, der durch ihren schwitzenden Kopf zog, jede Erinnerung. Baby lebte allein im Nachbarhaus, war mit meinem Großvater aufgewachsen und schon immer im Hotel ein und aus gegangen. Sie hatte nach dem Tod der Großmutter eine Zeit lang hier ausgeholfen, meine Mutter und meine Tante zur Schule begleitet, Zimmer geputzt, serviert. Sie hatte Essen gebracht und mit mir ferngesehen, als nach der Mutter auch meine Tante gestorben war und ich nur noch mit dem Großvater im Hotel gelebt hatte. Sie hatte mir geholfen, ihn zu wickeln, als er noch sein volles Gewicht hatte und ich nicht genug Kraft, seinen Körper zu wenden. Später war es dann leicht geworden, später wusste ich, wie ich ihn drehen musste, dass ich zuallererst die nasse Unterlage fortziehen und gegen eine neue tauschen musste, dann die Windel lösen, die verkrusteten Stellen einweichen, abwischen, trocknen, pudern. Der magere Körper, dann überraschend leicht, wehrlos. Inzwischen äußerte sich ihre Fürsorge primär in guten Ratschlägen. Sünden macht man mit sich selber aus und mit dem lieben Gott. Für Oralsex braucht es keine Liebe, nur Ausdauer. Gegen Kopfschmerzen hilft warmer Prosecco, gegen Unwohlsein Kognak, Sliwowitz gegen Frauenleiden. Jede Form von Übel fand in ihrer Hausbar ein Gegenmittel.

Als ich mich ihr näherte, roch ich über den Zaun und den Rauch ihren warmen Körper, den Hähnchenschenkel, an dem sie saugte, während wir sprachen. Weiße Fleischreste lagen auf ihrer

Zunge, mit der sie sich das Fett von den Fingern leckte. Wir sahen zum Himmel, zum Wald. Baby wusste alles, was im Ort passierte, aber das war nicht viel. Alle lagen bewegungslos unter der ewigen Sonne. Alle warteten auf den Regen.

Wir hörten die Sirenen, manchmal zogen Löschflugzeuge Kreise durch den Rauch, weit entfernt. Das hieß, dass die Feuer nach oben wanderten, dass sie schwerer zu kontrollieren wurden.

Baby war es, die mich auf die Vögel aufmerksam machte: »Die Viecher sammeln sich, aber weg ziehen die nicht mehr.« Stare, Hunderte davon, wie Pfeffer über der trockenen Wiese. Stiegen und fielen als Wolke, rissen auseinander, fanden sich wieder als löchriges Band, Kreise, Kreise, vor dem gelben Himmel. Das Schlagen der Flügel, die Schreie, für uns im Garten waren sie geräuschlos.

Ilya kam jetzt zu uns an den Zaun und starrte gebannt in den Himmel. Die Mutter war in ihrem Zimmer, ich fragte mich, ob sie vielleicht am Fenster stand, ob wir alle vier in diesem Moment dasselbe sahen.

Baby zeigte mit dem nackten Hähnchenknochen in die Luft, zeigte uns den Jäger, lachte. Ein großer Vogel, der von oben oder unten in den Schwarm stieß, seine Form bestimmte. »Eine Scheiße ist das alles hier«, rief sie, aber sie klang froh dabei, froh über das finstere Bild, das Gemenge der fliehenden Vögel vor dem brennenden Wald.

Als Frau Ansel aus ihrem Zimmer trat, nickte Baby ihr zu. »Guten Morgen«, rief ich, und die Frau grüßte uns freundlich zurück. Sie winkte ihre Tochter zu sich, und wir sahen ihnen nach, auf dem Weg in den Speisesaal.

»Die ist doch einem weggelaufen«, sagte Baby. »Das hab ich im Urin.« Und sie lachte und hustete.

»Wieso denkst du das?«, fragte ich, aber sie winkte mir nur im Gehen zu und wackelte mit dem Kopf.

Nach dem Frühstück im Speisesaal gingen die Frau und Ilya meistens gemeinsam zurück ins Zimmer. Wenn ich im Garten war, hörte ich den Fernseher durch die Tür, hörte die Dusche, die Klospülung. Am späten Nachmittag verließen sie das Hotel häufiger für ein, zwei Stunden. Die Mutter setzte das Kind in den Wagen, sie trugen Masken, die Frau eine Sonnenbrille. Sie sagte mir nicht, wohin sie gingen, und ich fragte nicht, aber einmal, es muss der Samstag nach ihrer Ankunft gewesen sein, weil ich gerade auf dem Rückweg vom Großmarkt war, da sah ich die beiden aus dem Auto am Straßenrand. Die Frau trug dasselbe helle Kleid wie bei ihrer Ankunft. Sie schob den

Buggy vor sich her und ging schnell. Es erschien mir seltsam, dass sie den ganzen Weg gelaufen war, in den dünnen Absatzschuhen, die sie immer trug. Dass sie Ilya entlang der Bundesstraße geschoben hatte, durch die graue Luft, halb auf der asphaltierten Fahrbahn und halb auf dem unebenen Grund daneben. Ich wurde langsamer, sie starrte nach vorn, lief schneller. Ich ließ das Fenster auf der Beifahrerseite nach unten. Rief: »Wollen Sie mitfahren?«, aber sie schien mich nicht zu verstehen, jedenfalls reagierte sie nicht. Sie lief weiter, harte Hände um die Wagengriffe, den Blick starr nach vorn, schnell, schnell, mit jedem Schritt schlappten dabei die Schuhe gegen ihre Fersen. Also fuhr ich weiter, um eine Kurve und bis zur nächsten Parkbucht. Ich hielt an und wartete, aber sie kamen nicht bei mir an. Ich stieg aus, ging ihnen ein Stück entgegen. Es gab keine Abzweigung, nur die Straße, an den Seiten trockene Baumgruppen, hartes Gebüsch, Müll. Meine Gäste waren nirgends zu sehen. Ich ging zurück zu meinem Auto, und nach ein paar Minuten fuhr ich weiter.

Es war spät, als die beiden in das Hotel zurückkamen. Ich saß im Speisesaal und sah fern, war zunehmend beunruhigt. Die Luftverschmutzung hinter dem Bruch war hoch, war über den Tag stetig gestiegen. Ich fürchtete, dass etwas passiert war, dass die Frau das Bewusstsein verloren hatte, durch das schnelle Gehen, das Atmen unter der Maske. Ich stellte mir alles Mögliche vor. Ich überlegte, Baby anzurufen, vielleicht hatte sie etwas gehört. Gerade als ich mich entschlossen hatte, mit dem Auto noch einmal die Strecke abzufahren, kamen sie zurück. Ilya weinte, die Frau trug sie auf dem Arm, schob mit der anderen Hand den Wagen. Sie kamen über den Parkplatz, blasse Arme und Beine im fahlen Licht. Ich hielt die Tür geöffnet, nahm der Frau den Kinderwagen ab. Sie sah erschöpft aus, ihre Augen waren gerötet, ich fragte mich, ob auch sie geweint hatte oder ob es von der Luft kam. Drinnen setzte sie sich an den Tisch, an dem sie immer frühstückten, hielt ihr Kind auf dem Schoß.

»Könnten wir vielleicht eine Kleinigkeit zu essen haben? Und etwas zu trinken? Bitte.«

Ilya hatte sich eng an die Mutter gepresst, vergrub das Gesicht, weinte in das blonde Haar. Ich brachte schnell einen Saft für sie, ein Mineralwasser für die Mutter. Dann ging ich in die Küche. Es schien mir, als hätte ich etwas mit der Situation zu tun. Womöglich hätte ich sie warnen müssen, als ich sie weggehen sah. Hätte sie auf die Luftverhältnisse hinweisen müssen.

Ich kochte Suppennudeln in etwas Brühe und schlug zwei Eier hinein, stellte zwei Schalen und einen Brotkorb auf ein Tablett. Als ich zurückkam, war das Mädchen an der Schulter der Mutter eingeschlafen. Das Saftglas war leer. Die Frau saß im Lampenlicht vor der schwarzen Fensterscheibe, weit hinten leuchtete es matt aus dem Wald herüber.

Ich stellte die Suppen ab, während sie sich eine Zigarette ansteckte und den Rauch zur Seite blies, weg von dem kleinen Kindergesicht.

»Es war dumm von mir, ich hatte nichts zu trinken dabei.« Sie lächelte mich mit schmalen Lippen an. Ich lächelte zurück. »Ich dachte nicht, dass wir so lange unterwegs sein würden.«

»Haben Sie sich verlaufen?«

Sie schüttelte vage den Kopf, aß zwischen den Zügen an der Zigarette kleine Löffel aus einer der Suppenschalen.

»Kann es sein, dass ich Sie an der Bundesstraße gesehen habe?«, fragte ich.

Ihr plötzliches Lachen veränderte alles in ihrem Gesicht. Zum ersten Mal bemerkte ich, dass einer ihrer oberen Schneidezähne kürzer war als die anderen, zwei, vielleicht drei Millimeter. Ich wunderte mich, dass mir das bisher nicht aufgefallen war, fragte mich, ob sie die ungleichen Zähne bewusst versteckte, ob sie sich das Lächeln irgendwann so angewöhnt hatte, dass der kurze Zahn sich nur zeigte, wenn sie die Kontrolle über ihre Mimik verlor.

»Ich bin an Ihnen vorbeigefahren, aber Sie haben mich nicht gehört.«

Sie lachte noch immer. Der Kopf ihrer Tochter wackelte, und die Frau strich kurz über das feine Haar. Wieder erinnerte sie mich an meine Mutter, das Schalkhafte in der Art, wie sie den Mund verzog, und dass das nicht recht zu ihrem Gesicht passte.

»Entschuldigen Sie«, sagte die Frau. »Ich dachte, es ist jemand anderes.«

»Sie hätten auch hier anrufen können«, sagte ich weiter. »Dann hätte ich Sie mit dem Auto eingesammelt.«

»Oh, vielen Dank. Ich hatte mein Handy nicht dabei.«

Ilya öffnete verschlafen die Augen. Die Frau flüsterte: »Gleich, gleich«, und strich weiter beruhigend über ihren Kopf. »Gleich gehen wir ins Zimmer.« Aber sie stand nicht auf. Ich fragte mich, wen sie im Auto vermutet hatte, wen sie hier in der Gegend kannte.

»Das war einfach dumm von mir. So weit zu gehen, ohne Handy, ohne etwas zu trinken oder zu essen. Aber danke. Danke für Ihr Angebot.« Sie wies auf die zweite Suppe. »Möchten Sie, Frau Lehmann? Ilya schläft ja.«

Obwohl ich schon gegessen hatte, setzte ich mich. Wir saßen und aßen, dann rauchten wir noch ein, zwei Zigaretten zusammen. Draußen glomm es vom Wald her, aber ich hörte keine Hubschrauber, keine Flieger mehr. Wir unterhielten uns ein wenig, dann schwiegen wir. Blickten aus dem Fenster in die Dunkelheit, durch unsere eigenen gespiegelten Silhouetten hindurch. Das schlafende Kind auf ihrem Schoß, die Hand der Frau, die über den kleinen Rücken strich. Sie schienen allein auf der Welt.

Als ich aufstand und begann, das Geschirr abzutragen, drückte auch sie ihre Zigarette aus und erhob sich vorsichtig mit Ilya auf dem Arm. Ich half ihr mit der Glastür, ging dann hinter ihr in den Garten, schaltete dort die Wandlampe an. Wir verabschiedeten uns flüsternd, doch als ich sah, dass sie mit dem Mädchen auf dem Arm ihre Zimmertür nicht öffnen konnte, ging ich ihr rasch hinterher. Ich nahm den Schlüssel aus ihrer Hand und sperrte auf. Aus dem Raum kam sofort ein abgestandener, saurer Geruch. In dem Lichtfeld, das die Gartenbeleuchtung durch den Türspalt warf, lag ein Gemenge aus Kleidungsstücken, beschriebenen, bekritzelten Papierbögen, Strumpfhosen, Verpackungen, einzelnen Kinderschuhen. Nichts daran passte zu dem gepflegten Erscheinungsbild der Frau.

Sie stieg vorsichtig über die Dinge hinweg, legte das Mädchen auf das große Doppelbett. Ich flüsterte meine zweite Verabschiedung und wollte zurückgehen, da hörte ich sie etwas sagen. Ich drehte mich zu ihr, hatte sie nicht verstanden. »Es ist eine sehr seltsame Zeit gerade«, wiederholte sie. Sie stand jetzt im Türrahmen. Ich blieb, wartete auf eine Erklärung, aber sie schien nichts hinzufügen zu wollen, lächelte nur dünn.

»Ja. Für uns alle«, sagte ich und meinte die Brände.

»Ja, natürlich«, sagte sie. Dann wünschte sie mir eine gute Nacht und schloss die Tür.

Als ich später im Bett lag, dachte ich an die Frau. Wie sie den Wagen geschoben hatte, zwei Räder neben dem Seitenstreifen, zwei im abschüssig werdenden Geröll neben der Straße. Ihre Füße in den eleganten Schuhen, der weiße Rücken, das blonde Haar, die harten Hände. Die Maske, die Sonnenbrille, sodass von ihrem Gesicht nur die Stirn zu sehen war, die Schläfen, die Wangenknochen. Starr, starr geradeaus.

3

Am Tag darauf kam der erste Anruf. Es war früh am Morgen, die Frau und das Kind schienen noch zu schlafen. Als ich mich meldete, stellte sich ein Mann mit dem Namen Alexander Vargas vor. Er fragte, ob ich ein Zimmer verfügbar hätte. Ich wies ihn auf das Beherbergungsverbot hin, das aufgrund der Brände galt. Die Regelung war, wie so viele in unserer Region, leicht umzudrehen und nach der eigenen Willkür auszulegen. Im genauen Wortlaut besagte sie nur, dass es nicht erlaubt war, Buchungen entgegenzunehmen, weder über Online-Portale oder E-Mails noch über Anrufe. Wenn eine Person allerdings wie die Frau direkt ins Hotel kam und nach einem Zimmer fragte, galt das Verbot nicht.

Seitdem es keinen Tourismus in der Region mehr gab und die Messen verlegt worden waren, hatten die meisten Hotels ohnehin geschlossen.

Normalerweise sagte ich den Leuten am Telefon, dass ich zwar keine Reservierung annehmen dürfe, das Hotel aber geöffnet war und weitgehend leer stand. Oft war das bisher nicht passiert, nur ab und zu reisten Verwandte an, wenn jemand im Ort starb oder heiratete, aber auch das wurde anscheinend seltener.

»Bei Ihnen dürfen also gerade gar keine Zimmer vermietet werden?«, fragte der Mann. »Wenn ich in Ihre Region reisen müsste, dann könnte ich nirgends unterkommen?«

Es gab keinen Grund dafür, dass ich ihm den Schleichweg nicht anbot, aber ich schwieg. Vielleicht lag es daran, dass die Hitze, die anhaltenden Feuer, die schlechten Nächte mich erschöpften. Dass ich mich über den langen Sommer in der Leere des Hotels eingerichtet hatte, in diesen stillen, langsamen Abläufen, in denen ich mich nicht zu sehr am Rhythmus anderer orientieren musste. Ich hatte mich in dieser Gleichförmigkeit gerade an die Frau und das Mädchen gewöhnt, ich mochte den neuen Alltag, der dadurch entstanden war, den schmalen Rand, an dem unsere Tage ineinandergriffen. Es schien mir zu viel, eine dritte Person zu bewirten.

Ich sprach von der Gefahrenlage, von den Bränden. »Wenn möglich, sollten Sie die Gegend meiden«, sagte ich.

»Für Sie ist das aber auch nicht gut.«

»Wir kennen das hier schon«, entgegnete ich. »Im Winter ist dann wieder mehr los. Manche Messen wurden nur zeitlich verlegt, nicht komplett aus der Region abgezogen.«

»Ich meinte gesundheitlich«, sagte er. »Entschuldigen Sie, ich bin Mediziner. Berufskrankheit.«

Ich musste lachen. Gerade überlegte ich, ob ich ihm nicht doch anbieten sollte, einfach vorbeizukommen, dachte an die achtundvierzig Euro, die ich für ein Einzelzimmer mit Frühstück nahm, daran, dass Alleinreisende eigentlich kaum zusätzliche Arbeit machten, da verabschiedete er sich, und wir legten auf. Vielleicht musste er hier zu einer Beerdigung, dachte ich. Gerade jetzt, wo die Feuer wieder in den Nachrichten waren, kamen eigentlich nur noch die her, die wichtige Gründe hatten, Unaufschiebbares.

Die Proteste, die Presse, all das fand auf der anderen Seite des Bruchs statt. Im Fernsehen sah ich die Glut, das niedrige Feuer, das als glimmende Schnur die Senkungen und Hebungen des Waldbodens nachzeichnete, fraß und fraß. Dahinter, über den Baumspitzen, den violetten Himmel.

Weiß ausgeleuchtete Gesichter in frischen, weißen Masken, die zusammenfassten, wie sich die Lage entwickelte. Die angestrengt gegen das Feuer und die Sirenen ansprachen, laut und deutlich in die Kamera, weg, schnell wieder wegwollten.

Meine Aufmerksamkeit zog zu den protestierenden Jugendlichen am rechten Bildrand. Eine kleine Gruppe, ein anonymer Chor, der im allgemeinen Lärm kaum zu verstehen war, aber ich wusste, was sie riefen: »What do we want?« – »Climate justice!« – »When do we want it?« – »Now!«

Das Klimacamp, das sie am Waldrand errichtet hatten, die Zelte und Schilder, blieben im Hintergrund, pulsierten mit dem blauen Licht der Feuerwehrautos, der Krankenwagen, kamen und gingen, kamen und gingen.

Ich hielt das Bild an. Betrachtete in der Stille ihre blau leuchtenden Gesichter, die offenen Münder. Ich wusste, wo das Camp war, kannte den Wanderpfad, der direkt daran vorbeiführte, erkannte das Wegkreuz, das die Bad Heimer Sparkasse gestiftet hatte. Ich versuchte, meine Erinnerung an diesen Ort mit der Gegenwart abzugleichen. Dass sie so nah waren, die Jugendlichen, die Reporter, die Einsatzkräfte. Dass hinter ihnen, hinter den Bäumen, dem Brand, dass da bald der Bruch kam, dann der Mischwald, die Wiese. Dann der Zaun, der Garten, mein Hotel.

Ich aktualisierte den Beitrag, ließ ihn weiterlaufen. Eine Reporterin stand jetzt vor den Zelten, die die Aktivisten im Wald aufgestellt hatten. Eine der Jugendlichen sprach deutlich in das Mikrofon, das die Reporterin in ihre Richtung hielt. Sie verknüpfte das, was im Wald passierte, mit globalen Umwälzungen, sprach von einer Zeit der multiplen Krisen, zeichnete ein düsteres Bild, in dem Landstriche wie unserer unbewohnbar wurden. Ich beobachtete die Augen der Aktivistin über der Schutzmaske, ihr kurzes Haar. Ihre Stirn glänzte im Scheinwerferlicht, ihr graues Shirt war nass unter den Achseln, an der Brust. Die Reporterin fragte, was die Aktivistin motiviert hatte, in unseren Wald zu fahren. »Wir sind hier, weil diese Brände ein Menschenwerk sind, und weil das aufhören muss.«

Das wir, in dem sie sprach, klang nach in mir. Hinter dem Mädchen hatten sich seine Mitstreiter versammelt, ich zählte sieben Personen. Sie schwiegen während des Interviews, schwiegen vor dem lauten Wald, sahen nur ernst in die Kamera, hielten Schilder vor sich. Die Einzelne sprach für sie alle. Die Reporterin bedankte sich bei ihrer Gesprächspartnerin, und von hinten setzten die Rufe der Gruppe ein, wurden vor dem Wald zu einem Kanon, der sich selbst überholte: *What do we – when do we – justice – now.*

Ich fragte mich, um wie viele Sekunden die Live-Schaltung die Gegenwart im Wald wohl verzögerte, wie lange es dauerte, bis der Gesang der

Aktivisten hier im Hotel ankam. Eine seltsame Leere hing nun mit mir im stillen Speisesaal. Die Gruppe im Wald, ich neidete ihnen ihre Zugehörigkeit, den Glauben, mit dem sie aneinander und an ihrem Protest hingen. Im Abgleich spürte ich meine eigene Einsamkeit wie eine Lähmung.

Obwohl mir klar war, dass diese Bilder im Fernsehen mich, das Hotel, Bad Heim direkt betrafen, obwohl ich wusste, dass alles immer nur schlimmer werden würde, dass der Herbst nicht mehr kam und der Winter nur eine Pause war, die jedes Jahr kürzer wurde, war es, als würden die Kommentatoren, die Jugendlichen, die Reporter über etwas anderes sprechen. Obwohl ich das Feuer durch die Fenster sehen konnte, die Situation im Wald blieb für mich ungreifbar. Meine eigene Auseinandersetzung mit dem Brand erschöpfte sich im Beseitigen der Flugasche, im Instandhalten meiner kleinen Welt.

Einige waren weggezogen, die, die es konnten. Vor allem im zweiten Sommer, damals, als im Wald die beiden Männer ums Leben gekommen waren, als es eine Aufklärungskampagne gab, die vor Atemwegserkrankungen, vor Krebs warnte. Leute wie ich, die keine Kinder hatten, die sich nirgendwo anders ein Leben vorstellen konnten, waren geblieben. Alles, was mir gehörte, war hier, und so ging es vielen. Häuser, Gärten. Der Alltag war für die meisten in Bad Heim etwas, in das man hineingeboren wurde, das unverrückbar an den Ort und an die gemeinschaftlichen Strukturen gebunden war. Und solange die Brände hinter dem Bruch blieben, gab es keine direkte Bedrohung. Es gab keine Angriffe, keine Verfolgung, keinen Hunger. Es gab nichts, was uns fortzwang. Wir hatten lange, trockene Sommer, und manche sagten, früher hätten die Wälder auch gebrannt, da hatte es nur größere Sorgen auf der Welt gegeben. Manche sagten, dass die Grundstückspreise absichtlich in den Keller getrieben wurden, dass es schon Nutzungspläne für das Land gab, dass das, was uns gehörte, von fremden Händen bereits neu verteilt worden war. Sie sahen in den Bränden ein von langer Hand gesteuertes Ausräuchern der Gegend. Je länger die Situation anhielt, desto mehr war sie zu einer Glaubensfrage geworden, in der jede Seite Theorien und vermeintliche Beweise hatte. Ich selbst glaubte weder an das Kleingerede noch an die Verschwörungstheorien. Ich wusste, es stimmte, was die Geoökologen, die Meteorologen, die Klimaaktivisten sagten, aber das änderte nichts. Ich sah keinen Weg, wie ich die Situation hätte beeinflussen können. Wie eine Spielfigur behielt ich die Entwicklungen im Auge, pflegte Zug für Zug das kleine Feld, das mein Leben hier war. Ich spielte nach den Regeln, ich folgte den

Anweisungen, und für den Moment konnten wir bleiben, wo wir waren.

Damals, vor fünf, sechs Jahren, als die Brände plötzlich an Gewalt zugenommen hatten, waren häufiger Fotografen und Reporter bei mir abgestiegen. Sie wollten Interviews, machten Bilder von Kindern, die am Zaun standen und über deren weichen Haaren sich der gelbe Rauch türmte. Von Alten mit Masken, die von ihren Balkonen verstört in das fremde, schwarze Land blickten, das sich dort hinter dem Bruch auszurollen begann. Von verletzten Vögeln, verletzten Katzen, verletztem Wild. Mit dem Herbst kam der Regen, da hörte es auf. Dann, im Frühling, ging es weiter. Jedes Jahr ein bisschen früher. Die Warnschilder, die Durchsagen der Polizei, die Karten, auf denen sich die gelben und roten Felder über unsere Gegend schoben. Apps, die ständig aktualisiert wurden, die Warnmeldungen schickten, die zu beobachten ein normaler Teil der täglichen Abläufe geworden war. Gelb hieß Vorsicht, Orange hieß Lockdown, Rot Evakuierung. So waren die Sommer hier, zwischen Gelb und Orange. Masken, Wind, Asche. Tränende Augen, Halsschmerzen, geschlossene Parks, Bäder, Spielplätze. Sommertage im Haus hinter geschlossenen Fenstern, Blätter, die langsam in der Luft verglühten und auf den heißen Kies sanken. Alles vor dem Glimmen hinter dem Bruch.

Drei Tage später rief der Mann wieder an. Ich war gerade aufgestanden. Es war sechs Uhr. Er sagte mir noch einmal seinen Namen, entschuldigte sich dafür, dass er noch einmal anrief, dazu so früh am Morgen.

»Die Lage hier hat sich leider nicht verändert«, sagte ich.

Ein seltsames Schweigen folgte.

»Es tut mir leid, dass ich Sie noch einmal anrufe«, wiederholte er sich. »Es ist nur –« Er brach ab, schwieg wieder. »Um ehrlich zu sein, ich suche jemanden, und Ihr Hotel ist der einzige Anhaltspunkt, den ich noch habe.«

Ich schwieg. Wartete.

»Ich weiß, dass das sehr seltsam klingen muss, aber es ist so, ich suche meine Frau und meine Tochter.«

Ich holte tief Luft. Babys Kommentar fiel mir ein, *Die ist doch einem weggelaufen*.

»Wie kommen Sie dabei auf mich?«, fragte ich ausweichend.

»Meine Frau hat Ihren Ort in einem Gespräch erwähnt«, sagte er vage. »Und Sie scheinen das einzige Hotel zu sein, das noch geöffnet hat.« Als ich dazu schwieg, sagte er: »Ich weiß, wie das klingen muss. Es ist nur, ich habe schon überall sonst gesucht. Sie ist nicht bei Freunden, nicht bei Verwandten, nirgends.«

»Ihre Frau hat gesagt, dass sie hierherkommen will? Nach Bad Heim?«

»Sie hat davon gesprochen, einer Bekannten gegenüber. Das war vor ein paar Tagen. Sie war mit unserer Tochter verreist und hätte zurückkehren sollen, nach Berlin, stattdessen hat sich jede Spur verloren. Sie ist nicht hier angekommen, sie ist nicht mehr da, wo sie war.«

Ich schwieg.

»Juristisch gesprochen ist das Kindesentführung. Deshalb versuche ich, sie selbst zu finden, verstehen Sie? Ich habe mich damit beschäftigt, und es ist wohl so, dass Menschen, die verschwinden, nie vollkommen willkürlich wählen, wohin sie gehen. Es gibt immer einen Hinweis, in der Biografie, in den Dingen, die die Person vielleicht gelesen, gesehen hat, wovon sie gehört hat, verstehen Sie? Die Polizei geht genauso vor.«

Was er beschrieb, klang übertrieben, wie ein Kommentar aus einer Dokumentation, nach True Crime. Ich war versucht zu lachen, aber seine Stimme verriet, dass er ernst meinte, was er sagte.

»Haben Sie Ihre Frau als vermisst gemeldet?«, fragte ich, weil er die Polizei erwähnt hatte. »Vielleicht ist ihr etwas passiert.«

Er lehnte das zögerlich ab. »Nein. Nein. Ich bin mir sicher, dass sie freiwillig mit unserer Tochter weggegangen ist. Ihr Telefon war noch an, in den ersten Tagen. Ich habe gesehen, dass sie online war. Nachrichten gingen durch, Anrufe auch. Sie hat nur nicht mehr geantwortet. Jetzt ist es abgeschaltet.«

Ich erinnerte mich an das Handy der Frau auf der Tischplatte. An ihre Hand, die es anhob und umdrehte. Daran, dass sie es bei ihrem Spaziergang an der Bundesstraße nicht dabeigehabt hatte. Ich hatte sie nie telefonieren sehen.

Ich schwieg. In den genauen Ausführungen des Mannes, in der frühen Uhrzeit seines Anrufs, lag etwas Verzweifeltes. Er hat nicht geschlafen, dachte ich, und ich stellte mir einen Mann vor, der die ganze Nacht wach saß, in einer leeren Wohnung, und grübelte, sich im Internet verlor. Sein Warten auf den Morgen, bis er endlich anrufen konnte. Es lag nichts Unangenehmes in seiner Stimme, aber ich wusste, dass das nichts zu bedeuten hatte. Ich dachte an Statistiken über häusliche Gewalt, an Artikel, die ich gelesen hatte, an Baby, die es sofort in der Frau gesehen hatte. Ihr muss ich davon erzählen, dachte ich, sie fragen, ob ich der Frau von den Anrufen des Mannes berichten soll. Baby würde sich sofort ein Bild machen, sie würde wissen, was es zu tun gab. Ich fühlte eine Bedrohung durch die Worte des Mannes, Kindesentführung, Polizei. Als wären sie Steine, die eine glatte Wasserfläche aufwühlten. Unkontrollierbar, ein Drama, in das ich nicht hineingezogen werden wollte. Ich versuchte, das Gespräch zu beenden.

»Ich kann Ihnen leider nicht weiterhelfen«, sagte ich.

»Es hat Sie vielleicht jemand angerufen? Wegen eines Zimmers?«, forschte er weiter.

»Nur Sie«, sagte ich.

Er bedankte sich, blieb höflich, ruhig. Er fragte nur noch, ob er mir seine Nummer geben dürfte, ob ich ihm Bescheid geben würde, falls sich eine Frau bei mir meldete, falls jemand bei mir absteigen wollte.

Ich notierte den Namen und die Nummer auf einen Zettel. Alexander Vargas. Mir fiel dabei auf, dass die Frau mir nie ihre Ausweise gezeigt hatte, wie wir es vereinbart hatten. Kurz überlegte ich, den Mann nach den Namen seiner Frau und seines Kindes zu fragen, überlegte, ob ich sicherstellen sollte, dass es sich dabei wirklich um die beiden handelte, die bei mir wohnten, dann ließ ich es. Erstens hatte die Frau mir womöglich falsche Namen genannt, zweitens befürchtete ich, mich zu verraten, wenn ich länger mit ihm sprach. Ich versicherte ihm, mich zu melden, wenn eine Frau bei mir anrief. Dann wünschte ich ihm alles Gute und legte auf.

Mit einer Tasse Kaffee ging ich hinaus in den Garten, setzte mich in die Sonne, die um diese Zeit noch nicht so viel Kraft hatte. Ich zündete mir eine Zigarette an. Die kleine graue Katze stieg vorsichtig durch das Schilfgras zum Teich. Ich scheuchte sie fort.

Es würde ein weiterer heißer Tag werden. Der Himmel hing tief über dem Wald, aber der Wind kam aus dem Ort und blies in warmen Böen über die Wiese, über das Teichwasser. Der Ahorn bog sich, seine Blätter trieben in rot drehenden Kreiseln durch die Luft davon, zum Wald hinüber. Ich stellte mir vor, wie sich dort, mit der Windrichtung, die Lage änderte. Wie Kommandos geschrien wurden, die Reporter und die Jugendlichen von der Feuerwehr vertrieben wurden, sich neu positionieren mussten. Ich dachte an das Mädchen mit dem kurzen Haar. Stellte mir vor, wie Zelte und Banner hastig eingepackt wurden, wie die Gruppe sich durch den Wald bewegte, schwitzend, sich gegenseitig nicht aus den Augen lassend.

Jeder hier kannte die Diagramme. Die Position der Feuerwehr, mit einem Kreuz markiert, der Brand, der als blauer Keil vor dem Wind herlief. Neben den Schenkeln: die roten Zonen. Die, die sich bei einem Wechsel der Windrichtung dort aufhielten, konnten dem Feuer zu Fuß nicht mehr entkommen. Hier waren die beiden Männer von den Flammen erwischt worden. Mit den Todesfällen war das Ganze zum ersten Mal auch international durch die Medien gegangen. Ich weiß nicht, warum davor nie von Zonen, von Windrichtungen, die Rede gewesen war, vielleicht hatten die Brände nicht diese Gewalt gehabt, vielleicht war es nur Glück gewesen. Zuvor schien das Feuer ein lokales Problem zu sein, ein neues Phänomen zwar, aber doch ein Teil der normalen Sukzession des Waldes. Den heißen Sommern geschuldet, der Trockenheit. Vorbei, wenn der Herbst kam. Wir hatten nicht einmal eigene Bezeichnungen für die Geschehnisse. Nach dem Tod der Männer benutzten bald alle den englischen Begriff, *dead man zone*, der ein Teil unserer Vorstellung davon wurde, was im Wald vor sich ging.

Meistens zeigte das Fernsehen das Land aus der Sicht einer Drohne. Das Feuer von oben, durch den Rauch. Hinter dem Brand war der Wald flach. Gestürzte Bäume, Schwarz auf Grau. Der Fluss, der Bruch, ein dunkles Band, breit und tief, ein Graben, der den Wald teilte.

Es war natürlich nicht völlig unvorstellbar, dass das Feuer auf unsere Seite übersprang oder dass sich auch hier, auf unserer Seite, ein Brandherd bildete, aber bisher war das nicht geschehen. Die Bäume auf unserer Seite waren Laubbäume, die mehr Feuchtigkeit speicherten, die nicht so leicht brannten. Generell hieß es, solange das Feuer am Boden blieb, waren die Orte hinter dem Bruch in Sicherheit.

Ich hatte meinen Kaffee ausgetrunken, ließ die Tasse auf dem kleinen Tischchen stehen und ging das Stück durch den Garten zum Zaun. Ilya war noch nirgends zu sehen, die Tür des Zimmers zu, die Läden geschlossen.

Die Luft war weniger dicht als in den Wochen zuvor. Sie lag weich im Hals, weich und glatt. Mein Blick schweifte über die Wiese. Die Stare, faustgroße, schwarze Körper, drängten sich dort dicht an dicht bis zum Waldrand, pickten zwischen den braunen Grashalmen. Stießen mit den Schnäbeln in die harte Erde. Ich wusste nicht, ob es noch etwas zu finden gab in diesem trockenen Grund.

Ich schob mich durch den Spalt im Zaun. Unter den Vögeln entstand Unruhe, mit langen Beinen stiegen sie davon, schufen Raum zwischen sich und mir, flatterten auf, landeten in sicherem Abstand.

Im Wald fächerten sich gelb und braun die Äste nach oben, schlossen sich zu hellen Dächern. Wie Nebel hing der Rauch dazwischen, da, wo der Wind ihn nicht erreichte. Trotz der frühen Uhrzeit war es warm. Eine seltsame Wärme, die nicht am Wetter lag, sondern von den Seiten kam, von vorn. Der Geruch nach verbranntem Kraut, verbranntem Laub, verbrannter Erde.

Ich hörte ein kurzes Rascheln, ein Geräusch, das näher war als die Feuer, das nicht klang wie die Eicheln und Kastanien, die gegen Blätter und Stämme schlugen, auf den Grund. Ein Vogel, dachte ich, ein Reh, aber die Zweige hingen still, kein Tier schreckte davon, als ich mich bewegte. Ich folgte dem schmalen Pfad, der zum Fluss führte.

Der Bruch lag glatt zwischen den Bäumen, schwarz an seinen schattigen Rändern, in der Mitte grau von der Asche, die vom anderen Ufer kam. Ich kannte den Fluss noch klar, aus der Zeit vor den Bränden. Den Himmel spiegelnd, darunter in Schemen das alte Laub. Jetzt war die Oberfläche matt und staubig. Federn lagen reglos darauf, dunkle Blätter, Ascheflaum. Dieses Gefühl, als Kind dort hineinzusteigen. Zuvor, die plötzliche Kühle am Waldrand, als hätte man ein Haus betreten. Die erdige, klare Waldluft. Im Fluss dann der Schlamm an den nackten Füßen, die sofort einsanken. Die Kälte, die auch in den heißesten Wochen direkt unter der warmen Oberfläche lag. Mein Großvater, der am Rand stehen blieb, die Hosen bis zu den Knien hochgekrempelt. Sein weicher, alter Oberkörper. Er hielt mich fest, später, fest an diesen Oberkörper gepresst, ob ich es wollte oder nicht, damit mir wieder warm wurde.

Ich erwartete dieselbe Kälte wie früher, als ich meine Hand in den Bruch tauchte, aber das Wasser war warm. Wärmer als meine Hand. Der Geruch des Brands lag dicht darüber.

Wieder ein Geräusch, ein Platschen, eine Stimme. Da, ein paar Meter flussabwärts, bei einem der Länge nach ins Wasser gestürzten Stamm, stand Ilya. Nah am Ufer, in der Hand einen langen, nassen Ast, mit dem sie im Schlamm stocherte. Sie sprach leise mit sich selbst, wie ich es schon mehrfach im Garten beobachtet hatte. Ich richtete mich auf, suchte den Wald nach ihrer Mutter ab, aber da war niemand. Sie schien allein zu sein. Ich rief nach ihr, ging schnell in ihre Richtung. Es erschreckte mich, sie hier zu sehen, allein, am Wasser, im Wald, in dieser brandigen Luft. Ilya sah mir entgegen, ihre Augen waren groß, sie hatte mich zuvor nicht bemerkt. Etwas entfernt von ihr blieb ich stehen.

»Hey.« Ich lächelte sie an. Ich sah jetzt, dass sie nur einen Schlafanzug trug, dass ihre Füße in kleinen Lederpatschen steckten, dass die Schühchen und ihre Beine vom Wasser nass und braun waren. »Bist du ganz allein unterwegs?«

Sie drehte sich zurück zum Fluss, schüttelte dann den Kopf, stocherte wieder mit dem Stock.

Auf dem Wasser lag die trübe Spiegelung ihrer Gestalt. Mit ihren Bewegungen verzerrte sie das Bild, verzerrte den weißen Schlafanzug, die Sonne auf ihrer Brust, den dünnen Arm. An den Hosenbeinen und in ihrem Haar hingen kleine Disteln und Kletten. Ich musste an die dürren Katzen denken, die um das Hotel herumschlichen. Sie hatten dasselbe Zögern, dasselbe wachsame Innehalten, die Ohren, die in meine Richtung lauschten, während der Rest mich zu ignorieren schien.

Ich ging in die Hocke. »Hast du dich verlaufen?«, fragte ich.

Sie schwieg, aber ihr Blick wanderte jetzt, suchte mich auf der Wasseroberfläche. Ich lächelte wieder, milchig, verschoben, kaum zu erkennen.

Dann sagte sie etwas, aber so schnell und leise, dass ich es nicht verstand. Nur *Mama* hörte ich heraus.

»Suchst du deine Mama?«, fragte ich, und sie nickte.

Ich hatte von Kindern gehört, die schlafwandelten, vielleicht erklärte das, warum sie frühmorgens allein im Wald unterwegs war.

»Ist deine Mama nicht im Hotel?«

Ilya starrte auf das Wasser und schwieg. Ich wartete. Der Wald, das Wasser, vor allem die Luft machten mir Sorgen. Ich stand auf. »Willst du mir wieder helfen, im Hotel?«, fragte ich, aber sie bewegte sich nicht. Eine Weile standen wir beide am Rand des Bruchs, zwischen den Büschen. Es war ruhig hier, nur der Geruch, die Hitze, kamen von den Feuern herüber. Ich konnte sie nicht hierlassen, aber ich konnte sie auch nicht davontragen.

»Soll ich dir etwas erzählen?«, fragte ich. Ich erinnerte mich an eine Reihe von Geschichten, die meine Mutter sich für mich ausgedacht hatte, zwei Schwestern, die von zu Hause weggelaufen waren, in einen Zauberwald. In meiner kindlichen Vorstellung war der Bad Heimer Wald die Kulisse dieser Geschichten gewesen, die geheimnisvolle, dunkelgrüne Welt, die nah hinter dem Hotel begann. Ich fing an zu erzählen, und mit den Sätzen fielen mir Namen und Details ein, an die ich seit Jahren nicht gedacht hatte. Toya und Soya, die Schwestern, und Pijou, der kleine sprechende Hund, der sie begleitet hatte, der magische Basar, der von Käfern beliefert wurde. Ich beobachtete Ilya dabei. Sie stand ganz still und lauschte. Ich ging ein Stück und hoffte, dass sie auf diese Art freiwillig mit mir kommen würde.

»Komm«, sagte ich freundlich, als sie sich nicht bewegte. »Ich erzähl dir die Geschichte auf dem Weg weiter.«

Sie schüttelte langsam den Kopf, fixierte dabei die andere Seite des Bruchs, wo sich der Wald nach wenigen Reihen im Rauch verlor. Ich konnte mir nicht vorstellen, dass die Mutter in den brennenden Wald gelaufen war, dass sie das Kind hier zurückgelassen hatte, aber Ilya musste irgendetwas gesehen haben, oder zumindest glaubte sie das.

»Wir kommen da nicht rüber«, sagte ich. »In der Mitte wird es ziemlich tief.« Ilyas Blick lag auf dem Wasser, das vor ihr lag, warm an ihren Füßen, trüb und still. Ihr Mund war schmal geworden, als zweifelte sie an dem, was ich ihr sagte, oder an ihrem eigenen Vorhaben, daran, den Fluss überqueren zu können, oder vielleicht auch, die Mutter auf der anderen Seite tatsächlich zu finden.

»Kommst du mit mir zurück?«, fragte ich und fügte, als sie nicht reagierte, hinzu: »Wenn deine Mama nicht im Hotel ist, dann nehmen wir mein Auto.« Mein Plan reichte nicht so weit, aber ich erwartete ohnehin, ich hoffte darauf, dass die Mutter im Hotel war, dass sie noch schlief, dass ich Ilya einfach zurückbringen konnte und der Ausflug nicht aufgefallen war. Ich ging voran, und zu meiner Erleichterung hörte ich bald ihre Schrittchen hinter mir, hörte das Knacken der harten Blätter unter den Ledersohlen. Ich wartete, bis sie mich eingeholt hatte. »Magst du wissen, wie die Geschichte weitergeht?«

Gemeinsam gingen wir zurück, und ich ließ Toya, Soya und Pijou dabei durch einen Tunnel in den Zauberwald kriechen, ließ sie einen Schuh finden, in dem der Mäusekönig wohnte, und ließ sie diesen davor bewahren, von ihrem Hund gefressen zu werden. Als wir zur Wiese gelangten, sah ich, dass die Vögel verschwunden waren.

Im Garten stand noch immer meine leere Kaffeetasse auf dem Tischchen, die Zimmertür der Mutter war unverändert geschlossen, genau wie die Fenster. Ich stellte mir dahinter das Grau vor, die dünnen Linien, die das gelbe Morgenlicht durch die Ritzen der Läden über den Teppich zog, über die Bettdecke, einen schlafenden Arm.

Ich überlegte, ob ich anklopfen oder zuerst dem Mädchen ein Frühstück bringen sollte, zumindest etwas zu trinken, da wurde am anderen Ende des Gartens langsam, zentimeterweise, die Terrassentür aufgeschoben. Ich sah die langen Finger der Mutter, dann ihren blonden Kopf, ihre Schultern. Unter dem rechten Arm trug sie ihre Schuhe. Sie stieg barfuß über die Schwelle, schob dann die Tür leise hinter sich zurück ins Schloss.

»Mama!« Ilya sprang an mir vorbei, über den Kies. Ich sah, wie es die Mutter durchzuckte, wie sie herumfuhr. Sie hatte uns nicht gesehen, nicht erwartet. Von irgendwo herkommend hatte sie anscheinend gehofft, unbemerkt zu bleiben. Sie fing sich sofort. Lächelte, beugte sich herunter, legte die Schuhe am Boden ab und streckte ihrem

Kind die Arme entgegen. Als ich die Terrasse erreichte, hatte die Frau ihr Gesicht im Kinderhaar, und das Mädchen stand krumm in die Umarmung hineingeschoben.

Ich ging in den Speisesaal, begann die harten Laken und Bezüge abzunehmen, die ich dort zum Trocknen aufgehängt hatte. Ich dachte daran, dass ich der Frau anbieten wollte, ihre Wäsche zu machen. Bisher hatte sie abgelehnt, dass ich ihr Zimmer putzte, und nur einmal um frische Handtücher gebeten.

»Du bist ja schon auf«, hörte ich sie durch die Glastür zu dem Mädchen sagen. »Hast du mich gesucht?« Durch die Scheibe sah ich, wie sie aufstand. Sie sah erschöpft aus, die Schutzmaske hatte eine dunkle Furche um Mund und Nase hinterlassen. »Hast du Hunger?« Ich hörte Ilya antworten, aber verstand sie nicht. »Ich muss mich kurz duschen. Kommst du mit ins Zimmer, oder bleibst du hier?« Dabei zupfte sie ihr eine der Disteln aus den Haaren, eine zweite. »Was hast du denn gemacht?« Die Frau hob ihre Schuhe auf, dann gingen beide die Holzveranda entlang zu ihrem Zimmer. Ilya dicht an den Beinen der Mutter, eng an ihrer Hand.

Wo war die Frau gewesen?

In der Küche begann ich das Frühstück für die beiden zu richten. Ich briet Eier, Speck, eine

Tomate, toastete Brot. Ich brachte alles in den Speisesaal, deckte den Tisch. Es war acht Uhr. Im Fernsehen liefen die Morgennachrichten. Wahlergebnisse, die Getreideknappheit, Flüchtende, Sport, das Wetter. Es blieb zu warm, kein Regen.

Als die beiden zurückkamen, brachte ich Kaffee und warme Milch aus der Küche.

»Könnten Sie das bitte ausmachen?«, fragte mich die Frau mit einem vorsichtigen Lächeln. »Ich hab das schon als Kind gehasst.«

»Wirklich, das Fernsehen?« Ich suchte nach der Fernbedienung. »Ich dachte, alle Kinder mögen das. Ich hab ganze Tage davor verbracht.« Ich lachte, schaltete den Fernseher aber sofort aus, und im Speisesaal wurde es still.

»Nur die Nachrichten«, sagte sie. »Ich ertrag das bis heute nicht.«

Sie sah jetzt entspannter aus, ihre Haare waren noch feucht, die rote Linie unter ihren Augen war fast verschwunden. Sie hatte sich umgezogen, trug nun eine Bluse und Jeans. Auch Ilya hatte nicht mehr den Schlafanzug an, sondern ein gelbes Kleid und Sandalen statt der schlammigen Lederschühchen. Ich stellte das Essen auf den Tisch.

»Ich hoffe, sie hat Ihnen keine Umstände gemacht«, sagte die Frau zu mir. Ilya griff sofort nach einer der Toastscheiben, schob sie sich in den

Mund. Die Mutter gab ihr Eier und Speck auf den Teller, trank selbst nur Kaffee.

Ich überlegte, ob ich ihr davon erzählen sollte, wie ich Ilya im Wald gefunden hatte, da sprach sie weiter: »Ich war nur ein bisschen draußen. Ich wollte Ilya nicht wecken.«

Sie musste das Hotel verlassen haben, bevor ich aufgestanden war, bevor ich mit dem Mann telefoniert hatte. Ich stellte mir vor, wie sie im Morgengrauen durch den Garten davongeschlichen war, durch die leeren Straßen des Orts. Stellte mir vor, wie Ilya allein im Zimmer aufgewacht und auf der Suche nach der Mutter durch die Stare zum Wald gelaufen war. Ich sah auf das Kind hinunter, auf die kleinen, weichen Hände auf der Tischplatte, und eine nachträgliche Panik überkam mich bei dem Gedanken, mein Morgen hätte mich nicht in den Wald führen können.

»Wissen Sie zufällig, ob es in der Stadt ein Heimatmuseum gibt? Oder vielleicht ein historisches Archiv?«, unterbrach die Frau meine Gedanken. »Ich würde gern sehen, wie es hier war, als Bad Heim noch ein Kurort war.« Mir fiel ein, was der Mann am Telefon gesagt hatte, dass seine Frau von dem Ort gesprochen hatte, vor ihrer Anreise. »Das Publikum, die Stimmung. Das muss sich ja alles sehr verändert haben.«

In einem Schrank an der Rezeption gab es eine

Kiste mit identischen Postkarten, aus der Zeit, in der mein Großvater das Hotel betrieben hatte. Eine Schwarz-Weiß-Fotografie, auf der das Hotel zu sehen war. Davor saßen meine Großeltern auf einer Bank, mein Großvater hatte den Arm um die Großmutter gelegt, sie lehnte sich an ihn, beide waren sehr schick. Sie trug ein Sommerkleid mit einem weiten Rock, Schuhe mit hohen Absätzen, die schwarzen Haare in engen Wellen am Kopf. Er, in einem weißen Hemd, mit Hut. Sie sahen fröhlich aus, einladend. Im Himmel stand in altmodischer, geschwungener Schrift: *Herzliche Grüße aus dem schönen Bad Heim.*

Ich kannte das »schöne Bad Heim« noch aus meiner Kindheit. Der Ort war ein anderer gewesen, das Hotel war ein anderes gewesen. Zu der Zeit, als das Foto aufgenommen wurde, waren alle möglichen Künstlerinnen und Künstler hier abgestiegen. Mein Großvater hatte oft davon gesprochen. Tage, die in lange Abende übergingen, in Nächte, meine Großmutter, die malte, meine Mutter, die als kleines Kind vor den Gästen auftrat und sang. Auch davon gab es Bilder.

Ich ging und holte eine der Postkarten, gab sie der Frau. Sie fuhr mit der Fingerspitze über die Gesichter. Dann lächelte sie mich plötzlich an. »Ist das Ihre Großmutter? Sie sehen sich ja extrem ähnlich.«

Mir entfuhr ein Lachen, ein Kopfschütteln. Meine Großmutter war im Ort berühmt für ihre Schönheit gewesen, bis heute erinnerten sich die Leute daran, bis heute war es etwas, das ich bisweilen gesagt bekam. Sie war jung gestorben, als meine Mutter und meine Tante noch Kinder waren.

Der Blick der Frau blieb auf meinem Gesicht liegen, als würde sie mich zum ersten Mal wirklich ansehen. »Finden Sie das nicht?«, fragte sie.

Ich schüttelte wieder den Kopf. »Ich komme mehr nach der väterlichen Seite«, sagte ich. Ich merkte, dass mich ihr Blick verlegen machte, spürte darunter meine hohe Stirn, mein dünnes Haar, meinen knochigen Körper. »Meine Mutter sah ihr ähnlich«, sagte ich. »Blond, aber dieselben Züge, dieselbe Statur.«

Die Frau blickte mich weiter an. »Sie haben ein sehr gutes Gesicht«, sagte sie dann und sah von mir zur Postkarte und wieder zurück, abgleichend.

Wieder hörte ich mich ungläubig auflachen, hörte die Abwehr in meiner Stimme, als ich ihr antwortete: »Mir wurde einmal gesagt, dass meine Schönheit erst im Auge einer Person entsteht, die sich in mich als Menschen verliebt.«

»Was für eine seltsame Aussage.« Sie lachte und schüttelte dabei den Kopf. Ich dachte, dass wir für einen Moment über die Grenze getreten waren, die unsere Fremdheit markierte, dass wir persönlicher miteinander gesprochen hatten, als es zu unserem Verhältnis passte. Wir sahen uns an, bis ich mich abwendete. Ich hatte es lange nicht mehr erlebt, aber ich erkannte in diesem Moment die Aufregung, die Frage danach, ob eine Anziehung zwischen uns möglich war.

Sie klopfte jetzt mit einer Ecke der Postkarte auf die Tischplatte. »Ich hab über den Ort gelesen, darüber, wie es hier früher war. Daher mein Interesse.«

Es wunderte mich nicht. Bad Heim wurde häufiger in Romanen und Gedichten erwähnt, immer als Zuflucht, als grüne Oase. Es gab im Hotel einige alte Fotoalben aus dieser Zeit. Bilder, die der Großvater gemacht und gesammelt hatte. Als ich der Frau anbot, ihr diese bei Gelegenheit herauszusuchen, schien sie erfreut.

Ich wandte mich an Ilya. »Wenn du willst, kannst du auch mal schauen, was es hier noch an Spielsachen gibt.«

Ich dachte an die Vielzahl von Dingen, die sich in meiner Wohnung bis zur Decke stapelten. Das alte Bad Heim, die Kleider, Mäntel, Schuhe, Bausteine, ein Puppenhaus. Übrig geblieben, von den Großeltern, der Tante, der Mutter. Irgendwo dazwischen, die Alben mit den Bildern.

Das Telefon klingelte, und ich verließ die beiden, um mich einer Lieferung neuer Bettlaken zu widmen, die ich bestellt hatte. Als ich in den Speisesaal zurückkam, standen nur noch die benutzten Geschirrstücke auf dem Tisch. An den krummen Zigarettenresten, an den Glasrändern, saß das Pink vom Lippenstift der Frau.

4

Ich verbrachte den Tag damit, die Fugen gesprungener Fliesen zu versiegeln. Die Materialien hielten der Hitze nur bedingt stand, sie dehnten sich aus, suchten sich Platz, wo keiner war. Ilya spielte im Garten, die Mutter saß im Schatten und las. Irgendwann hörte ich Babys Stimme vom Zaun, hörte, wie sie mit der Frau ein Gespräch begann. Ich lauschte dem Lachen, den kurzen Antworten. Dachte an Ilya im Wald. An den Anrufer. Als Baby begann, aufdringlich zu werden, stand ich auf, winkte ihr zu.

»Iris!« Sie brüllte erfreut meinen Namen. »Die Dori lässt ja nichts raus.« Dori. Über den Zaun schlug Baby der Frau auf die Schulter. »Beautiful stranger!« Sie lachte, dass ihr Bauch durch die Maschen gedrückt wurde, zog dann hustend an ihrer Zigarette. Auf ihrem T-Shirt dehnte sich ein Schriftzug, *Peak Performance*.

Ich lächelte der Frau zu. Sie nahm eine der Zigaretten, die Baby uns hinstreckte. Für eine Weile standen wir schweigend am Zaun und rauchten.

»Kommt mich besuchen, wenn ihr nichts Besseres zu tun habt.« Baby wandte sich an Ilya, die neben ihrer Mutter stand. »Ich hab da drüben einen geheimen Katzengarten.« Sie zwinkerte ihr zu.

Ich bemerkte Ilyas ungläubiges Gesicht und sagte ihr, dass das stimmte.

»Vielen Dank«, sagte die Frau höflich. »Wir kommen gern mal vorbei.«

Baby fuhr sich mit der Hand über das schwitzende Gesicht und den Nacken. »Kommt vorbei, kommt vorbei. Ich bin meistens da.« Sie drückte die Zigarette am Zaunpfosten aus und schob den Stummel in die goldene Bauchtasche, die sie umgeschnallt trug. »Ich verabschiede mich.« Sie drehte sich zum Gehen, dann noch einmal zu mir. »Iris, eins noch. Es ruft ein Mann im Ort herum. Der spioniert.«

Ich sah die Frau an, deren Blick unbewegt auf Baby lag.

»Ich hab ihm Bescheid gestoßen, dem brummt noch eine Zeit lang der Schädel.« Sie lachte bei der Erinnerung. »Wollte dich nur warnen.«

Kurz bevor Baby zwischen den trockenen Büschen verschwand, die die Mauer zu ihrem

Grundstück säumten, rief die Frau zu meiner Überraschung Babys Namen, die daraufhin stehen blieb und sich umdrehte.

»Der Mann am Telefon«, rief die Frau. »Was wollte er?«

Baby zuckte mit den Schultern. An ihrem Gesichtsausdruck war abzulesen, dass ihre Neugier geweckt war. Endlich war es ihr gelungen, die Fremde aus der Reserve zu locken. Die Frau schob sich durch den Spalt neben dem Zaun, lief über den Pfad, der in das trockene Gras getreten war, zu Baby.

Ich blieb bei Ilya, ging neben ihr in die Hocke, froh, dass das Gespräch über den Anrufer nicht in ihrer Gegenwart geführt wurde. Eine der Katzen strich in einiger Entfernung über die Wiese, sie fixierte einen Punkt hinter den beiden Frauen, duckte sich. »Die will in den Katzengarten, siehst du?«

Ilya nickte. Wir beobachteten das Kätzchen, das langsam näher schlich und dann, in einem großen Satz, hinter Baby im Gebüsch verschwand. »Willst du sehen, wo sie hin ist?«, fragte ich, und Ilya nickte wieder. Sie folgte mir durch den Spalt, über den Pfad. Als wir an der Mutter und Baby vorbeikamen, erzählte Baby eine Anekdote von ihrem zweiten Ehemann.

Wir verbrachten den Nachmittag zu viert in Babys Garten. Hinter der Mauer, im Schatten. Hier war die Zeit angehalten, hier gab es Gras und zwei alte Apfelbäume, darunter eine Hollywoodschaukel. Kaum jemand wusste, dass Baby irgendwie einen Weg gefunden hatte, ihren Garten zu wässern. Dass sie dieses kleine Fleckchen bewahrt hatte, fast, als hätte sich nichts verändert.

Im Gartenhaus hatte sie eine Station für die Katzen eingerichtet, bot ihnen Schutz, Wasser, Trockenfutter. Ilya und ich saßen auf einem Handtuch im Gras, sahen den Katzen zu, die über die Mauer kamen oder durch eine Klappe in der Tür, sahen sie trinken und fressen und im Schatten schlafen.

Ich prüfte wieder und wieder die Windrichtung, kontrollierte die Luftwerte in der App. Als sich gegen vier Uhr der Wind drehte und die Sicherheitsstufe von Gelb auf Orange wechselte, ging ich mit Ilya ins Haus. Auf Babys Ledercouch schalteten wir uns durch die Fernsehprogramme, bis wir einen Kinderfilm fanden. Durchs Fenster sah ich Baby und die Frau zusammen auf der Hollywoodschaukel sitzen und rauchen. Ich fragte mich, worüber die beiden sprachen.

Wieder dachte ich an Ilya am Bruch, an den Mann am Telefon, daran, dass derselbe Mann wohl auch bei Baby angerufen hatte. Ilya war nah an mich gerückt, geistesabwesend zupfte sie am

Stoff meines T-Shirts. Eine leichte Traurigkeit überkam mich bei dem Gedanken, dass es in meinem Leben, im Ort, keine Kinder gab, dass auch Ilya bald wieder abreisen würde. Ich dachte darüber nach, was sie wohl schon mitbekam, von den Umständen hier, von den Bränden, was sie zu Hause erlebt hatte. Für einen Moment überlegte ich, sie danach zu fragen, aber ich wusste nicht, wie. Sie sprach wenig mit mir, war immer noch schüchtern, und es kam mir zudringlich vor, sie auszufragen.

Nach dem Abendessen blieb ich im Speisesaal. Ich hoffte, dass die Frau das Zimmer verlassen würde, nachdem sie Ilya ins Bett gebracht hatte, wie sie es manchmal tat, um ihr davon zu erzählen, wie ich Ilya allein am Bruch gefunden hatte. Ich wartete, aber an diesem Abend kam sie nicht. Einmal glaubte ich etwas zu hören, doch als ich durch die Terrassentür nach draußen blickte, lag der Garten dahinter leer in der warmen Nacht. Alles war still, selbst der Wald. Der Himmel über dem Hotel war eine graue Fläche, ich konnte den Mond darin nicht finden.

Ich musste vor dem Fernseher eingeschlafen sein. Als ich aufwachte, war es fast drei. Alles war ruhig und dunkel. Ich schaltete mich durch die Programme, blieb dann, wie so oft, am lokalen Sender hängen, der über die Lage im Wald berichtete. Es wurden jetzt keine Kommentare mehr gesendet, aber verschiedene hitzeresistente Webcams übertrugen bis zum Morgen ihre seltsam grünlichen, stillen Nachtaufnahmen. In schlechter Auflösung konnte man das neue Camp erkennen, darüber die großen Buchstaben des Banners, das das Klimaziel anmahnte. Mit etwas Abstand zwei Einsatzfahrzeuge, die dort in Bereitschaft standen. Seit dem Vortag waren die schlimmsten Feuer weitgehend unter Kontrolle gebracht worden, zumindest für den Moment. Solange es heiß blieb, solange es nicht regnete, ging es weiter.

Auf dem Bildschirm sah ich die kleinen Zelte der Jugendlichen. In einem davon brannte ein Licht, eine stille, helle Kuppel am Rand des Camps, am Rand des Waldes, unter dem schwarzen Himmel. Die Jugendlichen dort schliefen in Schichten, sodass es immer jemanden gab, der wach blieb, um das Camp zu verteidigen, um die anderen zu wecken, wenn die Lage sich änderte. Ich stellte sie mir vor, das kurzhaarige Mädchen und die anderen, ihre runden Schatten auf der warmen Zelthaut, wach, wartend.

Durch die Stille des Camps, die Stille des Speisesaals und die Stille des Gartens drang ein Geräusch. Leise, seltsam schrill, eine Kette unverständlicher Laute. Ich ging zur Tür und lauschte. Es kam aus dem Garten, wiederholte sich, brach ab, setzte dann wieder ein.

Manchmal, selten, schleppten sich verwundete Tiere aus dem Wald bis hierher, der Bruch musste inzwischen an einigen Stellen flach genug sein, dass sie es herüberschafften. Ich schaltete den Fernseher aus, starrte hinaus in die Dunkelheit. Unbehagen stieg in mir auf, die Erinnerung daran, wie ich vor wenigen Wochen einen Fuchs im Garten hatte erschlagen müssen. Die kleinen, schwarzen Zähne, der halb verbrannte Schwanz, der nur noch Knochen war. Ich ging vorsichtig über den Kies. Das Geräusch wurde lauter, wurde manchmal von einem seltsamen Keuchen unterbrochen. Bei der Tür mit der Nummer fünf war das Klagen ganz nah. Es kam nicht aus dem Garten und nicht vom Waldrand. Es kam aus dem Zimmer. Als ich klopfte, wurde es still.

»Ist bei Ihnen alles in Ordnung?«

Keine Antwort. Ich drückte die Klinke, die Tür war abgeschlossen. Ich wartete, bis das Geräusch von Neuem ansetzte, diesmal gepaart mit einem Schaben am unteren Ende der Tür. Von der Rezeption holte ich den Zweitschlüssel für das Zimmer. Ich sperrte auf, schob die Tür vorsichtig nach innen. Zu meinen Füßen presste sich etwas durch den Spalt, kaum, dass er sich wenige Zentimeter geöffnet hatte. Es huschte an mir vorbei, schnell fort, durch den Zaun, verschwand in der schwarzen Wiese. Ich erkannte die graue Katze. Sie schien unverletzt, aus der Ferne sah ich für einen Moment ihre Augen, zwei niedrige, helle Kreise, die zu mir zurückreflektierten. Nichts als eine der Katzen, geräuschlos in der Dunkelheit. Ich stand mit klopfendem Herzen in der geöffneten Zimmertür. Der gleiche verbrauchte Geruch, den ich wenige Tage zuvor bemerkt hatte, hing zwischen den Wänden. Ich erwartete, dass sich die Mutter durch das Dunkel auf mich zubewegen würde, legte mir schon die Worte einer Erklärung, einer Entschuldigung zurecht, aber niemand kam. Der Raum blieb still, als wären seine Bewohner verschwunden, als hätten sie nur die kleine Katze zurückgelassen, allein in den alten Laken, dem alten Rauch, Parfüm, Haarspray.

Ich tat einen Schritt in das Zimmer. Kaum hörbar kam und ging der stille Atem. Ilya lag mitten auf dem großen Bett. Da saß niemand in dem Lehnstuhl am Fenster, niemand hinter der offenen Tür des Badezimmers. Die Mutter war nicht da. Im Licht der Gartenbeleuchtung hob und senkte sich leise die kleine Brust unter der Sonne auf dem Schlafanzug. Hob und senkte sich, hob und senkte sich. Ilya sah so klein aus, das Gesicht so weich und still. Daneben lagen die kleinen Hände, die Handflächen und Fingerchen, zu lockeren Fäusten geschlossen, als würde sie etwas sehr Zartes sehr vorsichtig festhalten.

Ich blieb bei ihr stehen und ließ die warme Nachtluft in das Zimmer ziehen. In den Zelten aus Dunkelheit, die das Bett umgaben, zeichneten sich die Dinge auf dem Fußboden ab. Ich stellte mir vor, das Zimmer zu putzen, die Verpackungen, die alten Masken, die leeren Plastikflaschen in Müllsäcke zu stecken. Die Handtücher, das körperwarme Bettzeug einzusammeln. Mit einem feuchten Lumpen die kleinen schwarzen Markierungen, die die Mutter beim Ausdrücken ihrer Zigaretten wie eine Spur aus Brotkrumen hinterlassen hatte, leicht, mit einem Zug, fortzunehmen. Ich stellte mir vor staubzusaugen, die Fliesen und das Waschbecken mit Essig abzureiben, den Spiegel, die Wanne, die Klobrille. Lange, nasse Stränge blonder Haare aus dem Abfluss zu ziehen. Frische, weiße Laken, zu den Ecken hin gestrafft und festgesteckt. Die Fenster offen. Die klare Luft, die in dieser Vorstellung von draußen kam.

Ich weiß nicht, wie lange ich dort stand, zwischen dem Kind und dem Garten, unsicher, was aus der Situation erwachsen würde. Erst als Ilya im Schlaf hustete, bemerkte ich den Brandgeruch.

Ich schloss die Tür von außen, ließ sie zurück, wie ich sie gefunden hatte. Der Brand kam mir plötzlich sehr nah vor. Ilya im Bett, im letzten Zimmer der Reihe, dahinter die Wiese, die zum Wald hinführte. Ich stand mit dem Schlüssel auf der Veranda und wusste, dass ich sie einsperren musste, um zu verbergen, dass ich das Zimmer geöffnet und betreten hatte, um zu verhindern, dass sie wieder davonlief, wie am Morgen zuvor. Ich stellte mir die Frau vor, wie sie vor derselben Entscheidung gestanden hatte, fragte mich, wohin sie gegangen war. Von da, wo ich stand, sah ich den Wald schwarz hinter der Wiese, sah langsam den Himmel darüber heller werden. Ich ging leise durch meinen Garten, am Fischteich vorbei, am Ahorn, durch den Spalt im Zaun. Ich stellte mich unter das Fenster, lehnte mit dem Rücken an der warmen Hauswand und wartete. Einzelne Stare flogen im Morgenlicht, Katzen duckten sich ins Gras. Irgendwo hinter den Baumstämmen standen die Zelte der Jugendlichen, irgendwo dort hinten war noch jemand wach und passte auf.

Als endlich ein Auto zu hören war, blieb ich, wo ich war, und horchte. Ich hörte das Öffnen und Schließen der Terrassentür, die nackten, vorsichtigen Fußsohlen auf den Holzdielen. Dann den Schlüssel im Schloss der Zimmertür, durch die

Mauer, die leisen Bewegungen der Frau, die sich zu ihrem Kind ins Bett legte. Erst jetzt bemerkte ich die Anspannung, die von mir abfiel. Die ganze Zeit über hatte ich befürchtet, sie würde nicht zurückkommen.

5

Ich erwachte spät, noch immer mit dem nächtlichen Gefühl der Unruhe. Ich stand auf und duschte mich. Auf dem Weg in die Küche traf ich niemanden. Ich war froh, dass Ilya noch nicht im Garten war und spielte, froh, dass ich noch allein mit meinen Gedanken bleiben konnte. Ich setzte Kaffee auf, ging dann an die Rezeption. Dort, auf der Schreibfläche, lagen meine Autoschlüssel. Ich war zuletzt an dem Tag gefahren, als ich die Frau und Ilya auf der Straße gesehen hatte, hatte den Schlüssel danach, wie immer, in die Schublade unterhalb des Tresens gelegt. Bisher hatte ich gedacht, dass die Frau am Morgen mit einem Taxi zurückgekommen war. Ich ging durch die Eingangstür zum Parkplatz. Da stand mein Golf. Ich konnte nichts Ungewöhnliches entdecken. Es lagen Masken auf dem Beifahrersitz, Kaugummipapiere, ein Feuerzeug. Ich setzte mich hinein. Nichts war verstellt worden, die Spiegel, der Sitz, alles war wie immer. Vielleicht war die Scheibe kürzlich gewaschen worden. Graue Linien zeichneten die Bewegung der Scheibenwischer in den dünnen Aschefilm. Spuren von Händen auf dem Metall, auf den Scheiben, aber diese konnten ebenso von mir stammen. Als ich das Auto wieder abschließen wollte, sah ich etwas im Fußraum des Fahrersitzes: Zwischen den Fußabdrücken aus Asche und Staub lag das dünne goldene Kettchen, das mir zuvor am Arm der Frau aufgefallen war. Ein Anhänger war darauf aufgefädelt, ein kleiner Stern.

Zurück im Haus schloss ich den Autoschlüssel in den kleinen Tresor, der in einem Schränkchen an der Rezeption stand. Darin lagen Reisedokumente, die vor Jahren jemand im Hotel vergessen hatte, ein paar alte Schmuckstücke meiner Mutter und etwas Bargeld. Ich wollte nicht, dass die Frau noch einmal in der Nacht davonfuhr, und den Schlüssel wegzusperren schien mir der einfachste Weg, sie daran zu hindern.

Das Kettchen mit dem Anhänger steckte ich in die Tasche meines Kleids. Ich dachte, dass ich darüber vielleicht mit der Frau ins Gespräch kommen konnte, dass ich sie fragen könnte, warum sie sich das Auto geliehen hatte, wohin sie gefahren war. Mehrfach legte ich mir Sätze zurecht und verwarf sie. Ich wollte der Frau nicht zu nahe treten, hatte Angst, sie könnte sich angegriffen fühlen, vielleicht sogar abreisen.

Den ganzen Tag über blieb es still. Ich trank Eistee, las, sonnte mich. Ich sah weder die Frau noch Ilya, aber ich hörte, dass in ihrem Zimmer der Fernseher lief. Ich stellte mir vor, wie sie in Pyjamas auf dem Bett saßen, wie sie Limonade tranken und kleine Kuchen aus Zellophanverpackungen aßen. Die Frau, etwas übernächtigt, ungeschminkt, unfrisiert, manchmal an einer Zigarette ziehend, Ilya, gebannt von den Geschichten auf dem Bildschirm, ihre Hand, die am Hemd der Mutter zupfte, wie sie es am Tag zuvor bei mir getan hatte. Manchmal hörte ich sie lachen.

Am Nachmittag, als es im Garten schon schattig wurde, kamen beide nach draußen. Ilya trug eine Barbie und ein transparentes Plastiktäschchen. Sie kam zu mir und legte vorsichtig eine Reihe aus winzigen Kleidern, Cowboystiefeln und Haarbürsten auf meine Liege. Es war das erste Mal, dass sie von sich aus Kontakt zu mir aufnahm. Ich bestaunte, was sie mir zeigte, und dachte an die Puppen, die irgendwo in meiner Wohnung lagen, an ihre Kleider und das pinkfarbene Haus, das sich zu einem Koffer zusammenklappen ließ. Ich bot der Mutter, die sich neben uns gesetzt hatte, etwas zu trinken an, holte dann frische Gläser, Zitronen und Eiswürfel aus der Küche. Wir wechselten ein paar Sätze über das Wetter, die anhaltende Hitze, die Lage im Wald. Dann nahm ich das Kettchen hervor.

»Ist das Ihres?« Ich hörte meine Stimme dabei unnatürlich ansteigen.

Sie umgriff ihr linkes Handgelenk. »Ich hatte gar nicht bemerkt, dass es weg war.« Ich legte das Kettchen in ihre ausgestreckte Handfläche. »Danke schön! Wo war es denn?«

»Auf dem Parkplatz«, log ich. »Neben meinem Auto.«

Die Frau legte für einen Moment die Stirn in irritierte Falten. »Wirklich? Das ist ja seltsam«, sagte sie und lächelte dabei, als hätte das Kettchen ein sonderbares Eigenleben.

Es erstaunte mich, dass sie derart die Fassung behielt, dass ihre Mimik derart kontrolliert blieb. Da lag nichts Ertapptes, keine Unsicherheit hinter den Augen, dem lächelnden Mund. Nur aufrichtig wirkende Verwunderung. Es war kaum vorstellbar, dass sie tatsächlich mit meinem Auto davongefahren war, dass sie Ilya wirklich allein gelassen hatte. Hätte ich nicht das Armband in meinem Auto gefunden, ihre Augen, ihr Gesicht hätten mich denken lassen, dass das, was ich in der Nacht bemerkt hatte, Einbildung gewesen war.

Ich fragte sie, woher sie das Kettchen hatte. »Es ist sehr hübsch«, sagte ich.

»Oh, ja?« Sie sah auf die goldene, dünne Schnur in ihrer Hand, auf den glitzernden Anhänger. »Ilyas Vater hat es mir geschenkt. Zu ihrer Geburt.«

»Dann muss es Ihnen viel wert sein.«

Sie schwieg. Ihr Blick lag jetzt auf ihrer Tochter, die vertieft in ihr Spiel war.

»Wird er noch hierher nachkommen?«, fragte ich. Ich hörte dabei wieder, wie ich das Satzende künstlich anhob. Ich kam mir aufdringlich vor, bereute mein Nachfragen sofort, doch die Frau lächelte nur, ohne etwas zu sagen. Das Gesicht ganz glatt.

»Möchten Sie Kinder?«, fragte sie nach einer Pause, die Augen wieder auf Ilya gerichtet. Als ich nicht direkt antwortete, entschuldigte sie sich. »Ich frage nur, weil ich durch das Armband daran denken musste. Nicht jeder ist dafür gemacht.«

Ich fragte mich, ob sie damit mich meinte oder sich selbst. Ich dachte an die Nacht zurück, an Ilyas stillen Schlaf, allein mit der kleinen Katze, allein im Hotel. An meine Mutter, an den Großvater, an die Streitereien, die ich aus dem Nebenzimmer mit angehört hatte, als sie dachten, ich würde schlafen. Seine Worte, *du bist doch keine Mutter für das Kind*. Ihr Schweigen. Ich, im Bett der Tante, unter dem hellen Quadrat, das die Außenbeleuchtung durch die Gardine auf meine Bettdecke warf. Meine Hand, hellgrau im Licht, wie vom restlichen Körper getrennt. Ob die Mutter gar nicht meine Mutter war. Meine Hand im Dunkel. Ob es irgendwo eine andere gab, mit schwarzen Haaren und langen Fingern, wie ich sie hatte, die mit einem Vater und anderen Kindern irgendwo wohnte. Ich stellte mir den Alltag dieser fremden Mutter und ihrer Familie vor, die gleichförmigen Tage, die vier Teller von oben auf der Tischdecke. Meine Hand, hell, dunkel, hell, dunkel, bis ich einschlief. Die Mutter, die sich irgendwann neben mich legte.

Als ich etwas später aufbrach, um ein paar Einkäufe zu erledigen, traf ich die beiden vor dem Hotel wieder. Die Frau trug wieder Maske und Sonnenbrille, das Haar unter einem hellblauen Seidentuch. Ilya stand, auch mit Maske, neben ihr. Sie wollten ebenso in den Ort. Gemeinsam gingen wir den Gehweg entlang. Die Frau schob den leeren Buggy. Der Asphalt hielt noch die Hitze des Tages, die Luft stand schwer darüber, zwischen den Häusern, den trockenen Vorgärten.

»Sie hatten gesagt, dass Sie Bilder von früher haben?«

Sie hob eine Hand vom Wagen, machte eine

Bewegung, als wäre es nicht wichtig, aber darin lag eine übertriebene Zurückhaltung, als bäte sie nicht gern um etwas. Als ich vorschlug, am Abend gemeinsam die Kisten durchzusehen, stimmte sie sofort zu. Ich dachte daran, dass ich dann mit ihr allein wäre und vielleicht mehr über sie und ihre Situation erfahren würde. Ich hatte vor, ihr meine Hilfe anzubieten, dass sie mir Bescheid gab, wenn sie wegmusste, damit ich auf Ilya achten könnte.

Wir gingen schweigend nebeneinanderher, bis wir zu den Geschäften kamen. Ich hatte Verschiedenes abzuholen, Bestellungen aufzugeben, ging von der Reinigung zur Apotheke zur Drogerie. Die beiden begleiteten mich und grüßten höflich, wenn ich andere erkannte, kurze Gespräche führte. Die Hitze, der Wald. Es ging immer um die Hitze, um den Wald, darum, was die Warn-App anzeigte, welche Orte im Umland schon evakuiert worden waren. Die Gemüsehändlerin klagte, dass es keine regionalen Äpfel mehr gab, keine Birnen, Zwetschgen, Kirschen, dass die Region nichts mehr hergab. Als sie meine Begleitung fragte, was sie ausgerechnet hierherführte, in diese sterbende Region, dazu mit einem Kind, kam keine Antwort.

Die Apotheke schien das einzige Geschäft, an dem die Frau selbst Interesse hatte. Sie kaufte Kopfschmerztabletten und bat um verschiedene

Antihistaminika. Sie bestellte die Präparate präzise, nannte genaue Namen und Mikrogrammangaben. Doxylamin, Promethazin, Hydroxyzin. Der Apotheker beriet sie ausführlich, aber sie schien kaum zuzuhören. Sie nickte, zeigte ihr freundliches Lächeln, und es schien mir, als hätte sie Monologe dieser Art schon häufiger gehört. Sie zahlte das, was der Apotheker ihr ohne Rezept verkaufen konnte, setzte die Maske wieder auf und verabschiedete sich.

Draußen bot sie mir an, das Paket aus der Reinigung unten in den Wagen zu legen. Die Tüte aus der Apotheke hängte sie an einen der Wagengriffe. Ungefragt erklärte sie sich dabei, sagte, dass sie unter Kopfschmerzen und Schlafstörungen litt, und ich nickte. Ich dachte an ihr nächtliches Verschwinden, an Ilya, allein. Die ließ sich inzwischen schieben, sie saß im Wagen und sah aus, als würde sie gleich einschlafen. Mir fiel auf, dass sie ihre Maske nicht mehr trug.

Langsam gingen wir in Richtung des Hotels. Ich sah auf die App, sah die dunklen Felder, die vom Wald zum Ort zogen. Der Gedanke, dass das Kind ungeschützt war, beunruhigte mich zunehmend. Ich zögerte, überlegte, ob ich die Frau darauf hinweisen sollte. »Die Luft wird schlechter«, sagte ich schließlich. »Ich glaube, Ilya hat ihre Maske ausgezogen.«

»Oh.« Die Frau blieb stehen, beugte sich über das Sonnendach. »Sie müssen mich für eine furchtbare Mutter halten!« Sie begann, mit hastigen Griffen den Wagen, ihre Tasche, die Apothekentüte zu durchsuchen.

Bis ich die Maske schließlich fand, unter meinem Paket, hatte die Frau eine starke Nervosität ergriffen, die dazu führte, dass sie immer wieder an denselben Orten suchte, immer wieder Schritte um den Wagen herumging, sich im Wechsel bei mir und Ilya entschuldigte. Als wir schließlich weitergingen und das Kind eingeschlafen war, bedankte sie sich bei mir und legte dabei kurz ihre Hand auf meinen nackten Arm. Ihre Finger waren ganz kalt.

Der Himmel kippte bereits in eine farblose Abendstimmung, aber die Hitze blieb. Über uns zogen drei kleine Flugzeuge zum Wald hinüber. Wir blieben stehen und folgten ihrer Bahn mit unseren Blicken. »Agrarflugzeuge«, sagte sie. »Ist das eine Löschstaffel?«

Ich wusste es nicht.

»Könnte sein.« Sie wiegte dabei auf eine Art den Kopf, dass es schien, als wäre es nur die schlechte Sicht, die sie daran hindere, den genauen Typ und damit den Zweck der Maschinen zu bestimmen. Die Flugzeuge wurden kleiner und leiser und verschwanden schließlich. Langsam gingen wir weiter.

»Das waren alte Maschinen«, sagte sie. »Die Rettungsstaffel hat wahrscheinlich modernere Flugzeuge.« Ich erkundigte mich, woher sie sich damit auskannte. Zu meiner Überraschung war ihre Antwort, dass sie vor Jahren einen Pilotenschein gemacht hatte. »Ich kann nicht mehr damit fliegen«, ergänzte sie. »Ich habe ihn irgendwann nicht mehr erneuert.«

Ich betrachtete ihre Hände auf den Wagengriffen, die kurzen Nägel, den festen Griff. Ich erinnerte mich an die Kälte ihrer Berührung. Es lag etwas Entschlossenes in diesen Händen, eine Körperkraft, die in einem ungewöhnlichen Widerspruch zu ihrer Nervosität stand, zu ihren sonstigen Bewegungen, die immer wirkten, als wäre es ihr unangenehm, zu viel Raum für sich zu beanspruchen.

»Ich war ein anderer Mensch vor meiner Ehe«, sagte sie jetzt. Ich wusste nicht, ob sie mit mir sprach oder mit sich selbst. »Denken Sie manchmal, dass Sie irgendwann in Ihrem Leben einen falschen Weg eingeschlagen haben? Dass Sie es an einem bestimmten Moment festmachen können, wie alles Weitere in Ihrem Leben gekommen ist?«

Ich dachte eine Weile darüber nach. »Es hat

einmal jemanden gegeben«, sagte ich. »Aber es hätte auf Dauer nicht funktioniert.«

Ich zuckte mit den Schultern. Über unseren Masken sahen wir uns an. Wieder, die ungewöhnliche Farbe ihrer Augen.

»Sie ist weggezogen«, sagte ich. »Sie hat eine neue Partnerin, ein Kind in Ilyas Alter.«

Ich dachte an Paula, wie ich meistens an sie dachte, an ihr Haar, an ihre Hände. Die Erinnerung an sie war irgendwann in diese einzelnen, statischen Details gefroren, war nicht mehr beweglich. Ich wusste nicht mehr, wie sie gerochen, wie ihr Körper sich angefühlt hatte.

»Haben Sie noch Kontakt?«

Ich nickte. »Wir telefonieren ab und zu. Sie macht sich Sorgen, wegen der Brände. Ihre Mutter lebt noch hier.«

Die Erinnerung mischte sich mit möglichen Versionen einer Gegenwart, gegen die ich mich damals entschieden hatte. Mein Leben, Bad Heim, das Hotel. Paula hatte nicht verstanden, warum ich an allem hier festhielt.

»Gibt es bei Ihnen so einen Punkt?«, fragte ich die Frau. Sie schwieg und behielt ihr Gesicht nach vorn gerichtet, auf die leere Straße. Sie wandte sich mir kurz zu, als würde sie lächeln, aber wegen der Maske konnte ich ihren Mund nicht sehen. Vor uns lief der Weg nun gerade auf das Hotel zu.

Ilya, im Wagen, schlief. Wir gingen langsam durch den stillen, drückenden Abend.

»Was machen Sie, wenn Sie hier wegmüssen?«, fragte die Frau schließlich, ließ meine Frage unbeantwortet. »Wenn die Gegend nicht mehr bewohnbar ist, meine ich.«

So, wie sie es sagte, klang es unausweichlich, als spräche sie von einer nahen Zukunft, von einem Zeitpunkt in zwei, drei, vielleicht fünf Jahren. Es klang wie die Diagnose einer Krankheit, deren genauer Verlauf unklar, deren Ausgang aber bereits eine Gewissheit war. Ich sah auf die Scheiben, die den blassen Himmel spiegelten, auf den altmodischen Schriftzug über dem Eingang.

»Ich hoffe, dass es nicht so weit kommt.«

»Oh«, sagte sie nur. Sie drehte mir dabei wieder kurz das Gesicht zu. »Ja, natürlich.« Es klang mitleidig. Wir wussten beide, wie naiv diese Hoffnung war.

6

Später, als sie das Mädchen ins Bett gebracht hatte, trat die Frau in den Garten, wo ich auf einer der Liegen saß und las. Über dem Wald stand der Rauch in einer dichten Wand.

Sie fragte, ob sie sich zu mir setzen könne, in ihrer Hand hielt sie ein dünnes Buch. »Hier drin hab ich über Bad Heim gelesen«, sagte sie und drehte es in meine Richtung, sodass ich den Titel sehen konnte. *Kreise*, stand da, silbern auf grünem Stoff, *Gedichte*. Der Name der Autorin, Ada Lumin, sagte mir nichts. Für eine Weile saßen wir schweigend beisammen und lasen, jede im eigenen Buch, dann merkte ich, dass die Frau ihres aufgeschlagen im Schoß hielt und zum Wald sah. Als sie meinen Blick bemerkte, sagte sie: »Kaum vorstellbar, dass das derselbe Ort ist.« Sie hob das Buch hoch. »Möchten Sie hören, wie Bad Heim hier beschrieben wird?« Als ich zögerte, schob sie nach: »Ich würde es Ihnen vorlesen, wenn Sie mögen.« Dann, als müsste sie sich erklären: »Ich bin eigentlich Schauspielerin.«

Ihre Stimme hatte einen anderen Klang, als sie zu lesen ansetzte. Da lag etwas sehr Sanftes in den Worten, eine Unschuld, die ich so nicht von ihr erwartet hatte. Dann, fast als würde sie brechen, wurde ihre Stimme rau. Eine Härte, wo der Text es hergab, schnelle Silben, Löcher zwischen den Wörtern, Abgründe. Dann wurde sie wieder weich, ließ die Zeilen fließen. Es war klar, dass sie ihr Handwerk beherrschte. In der Dunkelheit, in der Wärme, sah ich zum Wald. Darüber die Stimme der Frau, die beschrieb, was unser Ort einmal gewesen war: Stille und Schönheit, eingebettet in grünes Land. Bad Heim, ein Garten, ein Aufatmen. Fast schien es mir, als wären die Worte von genau diesem Standpunkt aus gewählt worden, vom Blick auf den Saum des Waldes, mit dem Wissen um den kühlen Fluss, der dort die Baumbestände trennte. Der Weg, über die Wiese, in den Forst.

Das Gedicht war lang. Ich war überrascht davon, wie leicht es mir fiel, der Frau zuzuhören, wie sehr ihr Vorlesen mich berührte. Ich sah zu ihr, sah ihr Gesicht, im Schein der Lampe, die Falte zwischen ihren Brauen. Die letzten zwei Zeilen wiederholten sich: »Ich würde bleiben.

Aber das ist zu wenig. Ich würde bleiben. Aber das ist zu wenig.«

Dann schwiegen wir. Ich hörte sie atmen, hörte, wie sie das Buch schloss.

»Entschuldigen Sie. Ich hoffe, das war nicht zu lang.« Etwas Unsicheres lag in ihrem Blick. Sie entschuldigte sich noch einmal. »Es hat mir Freude gemacht. Ich hätte mich nicht aufdrängen dürfen.«

»Danke«, sagte ich schnell und legte kurz meine Hand auf ihren Arm. »Das war sehr schön für mich.« Es fiel mir schwer, Worte dafür zu finden, was ihr Lesen in mir ausgelöst hatte. Ein kurzes Zucken ihrer Augenbraue, des Mundwinkels, als fiele es ihr schwer, mir zu glauben. »Sie sind sehr gut darin.«

Sie lächelte, hielt meinen Blick. Ich dachte, dass ein kleiner Triumph darin lag, oder die Erinnerung daran. Dann, im Abwenden, wischte sie es fort: »Es ist lang her, dass ich gut darin war.«

Ich führte sie in die kleine Privatwohnung, um nach den Bildern zu suchen. Nach dem Tod meines Großvaters hatte ich all seine Sachen in das zweite Zimmer geräumt. Hier stapelte sich, was von meiner Familie übrig geblieben war. Das andere Zimmer, in dem ich schlief, war nahezu leer. Da stand das Bett unter dem Fenster, eine alte Holzkommode für meine Kleider, ein Bücherregal. Über dem Bett hing ein kleines Gemälde von einem Strauß Margeriten in einem dünnen, schwarzen Holzrahmen. Meine Großmutter hatte es gemalt. Es trug im rechten, unteren Eck ihre kleinen Initialen. Es war das einzige Stück aus Bad Heim, das meine Mutter immer mitgenommen, immer aufgehängt hatte. Jeder Umzug, jedes neue Zimmer, das Bild fand stets einen Platz. Als mein Großvater starb und ich seine Dinge, die inzwischen auch die Dinge der Eltern, der Frau und der Töchter umfassten, in das andere Zimmer räumte, fand ich den kleinen Koffer meiner Mutter ganz hinten in seinem Schrank. Darin, obenauf, das Bild. Es lag auf einem hellblauen, ungewaschenen Pullover, neben ihrer Haarbürste. Alles trug noch immer ihre Berührung, nach all den Jahren. Da waren ihre Haare zwischen den Borsten, eine Spur brauner Flecken, vielleicht Kaffee, den sie verschüttet hatte, am Pulloverkragen. Ihr Geruch. Der Großvater musste die Sachen nach ihrem Tod im Krankenhaus ausgehändigt bekommen haben, und wie es schien, hatte er sie nie ausgepackt.

Ich stand neben der Frau im Licht der Glühbirne, vor den Wänden aus Kartons, Kisten und Koffern. Auf der anderen Seite des Raums pressten sich Kleider, Anzüge und Mäntel an die Glasscheiben eines altmodischen Kleiderschranks, in Regalen stapelte sich kistenweise in gelbes Seidenpapier eingeschlagenes Geschirr. Nähmaschinen, Kochbücher, Rasierpinsel, Brillen, Rollschuhe. Langlaufski und Stöcke, in einer Ecke an die Wand gelehnt.

Alle Kisten waren beschriftet, und ich suchte mich von Etikett zu Etikett. Ich fand meine Barbies und das zugehörige Kofferhaus und holte es für Ilya heraus. Die Frau stand vor einem Regal, in dem sich Bildbände und Bücher reihten, Einmachgläser, Hutschachteln, alte Handtaschen, Tischtennisschläger. Sie ging weiter, strich über das Haar einer blonden, staubigen Perücke. »Wem haben all diese Sachen gehört?« Hinter ihr, im Schrank, Spitze, Blumen und Punkte auf Seide und Baumwolle, Gewalktes, Gestricktes, der weiße Pelz, den meine Mutter so geliebt hatte.

Ich hatte inzwischen die Kiste mit den Alben gefunden. Dünne Papphefter, versehen mit Jahreszahlen. Klarsichtfelder, in die mein Großvater alle Bilder chronologisch eingeordnet hatte. Er hatte keine Auswahl getroffen, nichts beschriftet.

Als ich mich zu der Frau umwandte, hielt sie ein kurzes Kleid in den Händen, betrachtete sich im Glas des Schranks. Das Kleid hatte meiner Mutter gehört, es war eines ihrer Ausgehkleider gewesen. Schwarz, glänzend, schulterfrei, mit großen harten Volants am Saum. Die Frau damit zu sehen ließ mich daran denken, wie meine Mutter mich zum Abschied umarmt hatte, ihr Parfüm, ihre großen Ohrringe, kalt an meinem Hals.

»Trägst du das nie?«, fragte sie mich, verbesserte sich dann sofort: »Tragen Sie das nie?«

Ich lachte. »Wir können gern Du sagen.«

Sie drehte sich zu mir. Ich erinnerte mich, dass ihr ganzer Name Dorota war, jetzt stellte sie sich als Dori vor.

»Iris.«

Sie sah mich an, plötzlich wieder so, dass ich für einen Moment ihren kleinen Zahn sehen konnte. »Das wäre ein guter Look für dich, Iris.« Sie hielt mir das Kleid entgegen.

»Aber was soll ich darin machen?«, fragte ich lachend. »Die Zimmer putzen und einkaufen gehen?« Ich merkte, dass mich ihr Blick verunsicherte, dass ich mich gern davongeduckt hätte, von ihren Augen, dass ich es nicht gewohnt war, auf diese Art angesehen zu werden. Sie wiegte den Kopf, immer noch lächelnd.

»Gelegenheiten lassen sich ja erzeugen.«

Neben ihr, meine Spiegelung in der Glasscheibe, die Fotokiste zwischen uns, mein Oberkörper, mein Hals, mein verzerrtes Gesicht. In der Spiegelung ließ sie das Kleid sinken, legte es langsam zusammen, fuhr mit den Fingern über den Saum.

Gemeinsam trugen wir die Bilder und die Puppensachen in den Speisesaal. Ich holte etwas zu trinken. Als ich zurückkam, saß Dori bereits über den aufgeschlagenen Heftern, ließ ihren Blick konzentriert von Bild zu Bild wandern. Die meisten waren mit Farbfilmen aufgenommen worden, mit einer einfachen Handkamera. Leute aus dem Ort, Gäste, Freunde. Ich hatte befürchtet, dass die Aufnahmen mich unangenehm berühren würden, dass das Vergangene mich schmerzen würde, aber mein Leben hatte in den abgebildeten Jahren noch kaum hier stattgefunden. Später erst, nach dem Tod meiner Mutter, war ich in den Bad Heimer Alltag, der auf den Bildern zu sehen war, hineingeschlüpft. Ich erkannte die Tante, die schon damals aussah wie später noch, die nie einer Mode gefolgt war. Baby. Den Großvater. Den alten Garten. Leute, die teilweise noch lebten, die mich manchmal besuchten, die alt geworden waren. Von mir gab es nur ein einziges Bild, aufgenommen im Speisesaal, den ich, obwohl sich nichts an der Einrichtung verändert hatte, erst auf den zweiten Blick erkannte. Ich saß am Rand eines voll besetzten Tisches in einem weißen Rüschenkleid, in den schwarzen Haaren ein weißes Haarband mit einer großen, glänzenden Schleife. Auf der Tischdecke, neben dem Messingaschenbecher, der auch jetzt auf dem Tisch stand, lag die Hand meiner

Mutter. Ich erkannte sie sofort, die langen Finger, den kleinen Ring mit dem grünen Stein, der nun in dem Tresor bei der Rezeption lag, ihre pinkfarbenen, runden Nägel.

»Bist das du?« Dori schob ihr Gesicht eng an das Foto. »War das deine Kommunion?«

Ich konnte mich nicht an den Tag, den Moment der Aufnahme erinnern, nur an das Kleid. Daran, wie die Mutter es in München für mich gekauft hatte, zusammen mit roten Ledersandalen. Ich schüttelte den Kopf. »Meine Mutter hat mich nur gern so angezogen.«

Ich war froh, dass auf dem Bild bloß ihre Hand zu sehen war und dass ich nirgends ihr Gesicht fand. Sie hatte nie nach Bad Heim gehört. Es gab ein Foto von ihr, das mir das liebste war. Ich wusste nicht, wer es aufgenommen hatte, aber sie sah darauf aus, als hielte sie ein Gewehr, als könnte sich ihr nichts in den Weg stellen. Ich bewahrte es in einer Kiste in meinem Zimmer auf, zusammen mit ein paar Briefen und ihren Tagebüchern, aber ich sah mir die Sachen nie an. Zu ängstlich war ich, ihr Gesicht, ihre Stimme in mir aufzuwecken.

»Du bist hier aufgewachsen?«

»Hattest du Kontakt zu deinem Vater?«

»Lebt deine Mutter noch?«

Ich hatte das Gefühl, dass Dori ihr eigenes Leben mit meinen Erzählungen abglich, meine

Kindheit mit Entscheidungen, die sie für sich und ihr Kind zu treffen hatte, und es schien, als würden sie meine Berichte froh machen, die Reisen, die Nächte, die wir auf Sofas von Freunden, auf Festen, im Auto verbracht hatten. Die Lieder, die meine Mutter für mich erfunden hatte, die Geschichten, die sie über Wochen und Monate weitergesponnen hatte, unsere eigene kleine Welt.

Wir saßen lang zusammen an dem großen Tisch, in dem Speisesaal, in dem es über die Jahre still geworden war. Wir rieten über den fremden Gesichtern, ob eines davon zu Ada Lumin gehörte. Ich hörte irgendwann auf, mir die Bilder anzusehen, ich saß nur dabei, rauchte, schenkte Wein ein, beantwortete ihre Fragen, erinnerte mich, erzählte. Oft wusste ich selbst nicht, welche Feste gefeiert wurden, wessen Hochzeit oder Pensionierung. Dori studierte jedes einzelne Bild.

»Bist du deswegen hier?«, fragte ich sie. »Wegen dieser Gedichte?«

Im Lampenlicht der kurze Zahn, ihre roten Wangen, ein trüber Glanz in ihrem Blick. Sie wiegte den Kopf, zwischen Ja und Nein. »In diesem Gedicht klang Bad Heim, die Gegend hier, so verlockend. Nach einem Ort der Ruhe. Von den Bränden wusste ich nichts.« Sie hielt inne, wog ab, was sie als Nächstes sagen sollte. »Es geht auch gar nicht nur um den Ort in den Gedichten. Ich hatte das Gefühl, dass die Frau, die das geschrieben hat – ich erkenne darin vieles wieder.« Sie zuckte mit den Schultern, lachte auf, tat es ab. »Es war naiv von mir, mich nicht besser zu informieren.«

Ich nickte. Nichts, was vor dreißig Jahren über die Landschaft hier geschrieben worden war, konnte heute noch Bestand haben.

»Das Hotel ist noch wie damals«, sagte ich, »das Hotel bleibt immer gleich.« Ich sagte es leicht dahin, mit einem Lachen, aber ich merkte dabei, dass auch das nicht stimmte. Die Bilder hatten es uns gerade vor Augen geführt. Das Hotel, als Ort, an dem Menschen Urlaub machten, als Ort, an dem gefeiert wurde, an dem es eine Gemeinschaft gab, das Familienhotel – das gab es nicht mehr.

Ich hätte Dori gern mehr gefragt, über das Buch, ihre Ehe, über den Ort, von dem sie abgereist war, aber die Stille schien mir wie ein guter Zeitpunkt, um endlich mit ihr über Ilya zu sprechen. Ich räusperte mich.

»Erinnerst du dich, als du gestern früh kurz draußen warst?«

Sie nickte.

»Ilya muss da aus dem Hotel gelaufen sein.« Ich sah in ihrem Gesicht, dass sie nicht verstand, was ich ihr sagte. »Ich habe sie allein im Wald gefunden, am Fluss.«

Langsam schien bei ihr anzukommen, was sie

gehört hatte. Sie saß still über dem offenen Hefter auf dem Tisch. Ich konnte schwer deuten, was in ihr passierte. Ihr Gesicht war angespannt, blass, eine Mischung aus Zweifel und Furcht lag jetzt darin. Ich hatte das Gefühl, die Situation entschärfen zu müssen, wollte die Leichtigkeit, die zwischen uns entstanden war, wieder herstellen, aber ich wusste nicht, wie.

»Sie hat mir irgendwas erzählt, dass sie mit dir im Wald war, aber ich dachte, sie hätte sich das zusammenfantasiert.«

»Es ist ja nur, weil es brennt«, sagte ich, obwohl klar war, dass sie sich der Gefahr bewusst war. »Sie kann auch immer zu mir kommen, wenn dich das entlastet. Ich verbring gern Zeit mit ihr.«

Dori nickte nur. Nickte, zündete sich eine Zigarette an. »Danke, dass du sie zurückgebracht hast.« Sie rauchte. »Es tut mir leid, dass wir dir Umstände machen. Ich weiß nur gerade nicht, wohin.«

»Ich freue mich, dass ihr da seid«, sagte ich und merkte, dass das stimmte. Ich mochte es, dass das Hotel nicht länger ungenutzt stand, mochte es, ein Kind um mich zu haben. Dori.

»Ich muss gerade ein paar Dinge klären«, sagte sie in den Rauch hinein. »Ich liege nachts wach und kann nicht klar denken, und dann bekomme ich Panik, im Zimmer, in der Stille. Es fühlt sich an, als würde alles um mich herum zusammenfallen.«

Ich nickte. Der Anrufer, der nach ihr suchte, Alexander Vargas. Die kleinen Schachteln, die sie in der Apotheke bezahlt und nach draußen getragen hatte. Ich stellte mir vor, wie sie meinen Wagen fuhr, die Gegenlichter, die über ihr Gesicht zogen, bis ich merkte, dass meine Fantasie und meine Erinnerungen sich dabei mischten, dass es meine Mutter war, an die ich dachte, ihr Gesicht, das ich oft so gesehen hatte. In ziellosen Fahrten, auf Autobahnen, Landstraßen.

Dori begann, sich zu rechtfertigen: »Ich dachte, sie schläft. Niemals, niemals hätte ich gedacht, dass sie allein so weit wegläuft.«

Weil ich nicht wusste, was ich sonst tun sollte, schenkte ich ihr noch einmal nach. Ich dachte an den Anrufer, daran, was Baby gesagt hatte, dass sie eine Weggelaufene war, daran, dass es eine seltsame Zeit war, dass sie nicht wusste, wohin. Ich legte meine Hand auf ihre.

»Es ist ja nichts passiert.«

Wir tranken und rauchten, und ich fragte mich, wann ich zuletzt mit jemandem auf diese Weise zusammengesessen hatte.

»Ich kann mir gar nicht vorstellen, was es heißt, für ein Kind verantwortlich zu sein«, sagte ich, aber sie reagierte nicht, schien tief in Gedanken.

Als ich noch einmal anbot, auf Ilya aufzupassen, lächelte sie und bedankte sich abwesend. Ich beschloss, das Thema zu wechseln, und erkundigte mich nach ihrer Arbeit als Schauspielerin, ob sie in Filmen mitgespielt hatte, die ich kannte.

Sie schüttelte den Kopf. »Ich war vor allem am Theater.«

Ich betrachtete unauffällig ihr Gesicht. Sie hatte nichts Raumgreifendes, wie ich es von den Theaterleuten, mit denen meine Mutter befreundet gewesen war, kannte. Aber ihre Stimme. Ich hatte noch immer im Ohr, wie sie gelesen hatte. Die kontrollierte Glätte, die sie meistens zeigte, war da nicht mehr vorhanden gewesen.

»Ich habe aufgehört, als ich mit Ilya schwanger war«, sagte sie.

»Das Theater war sicher schwer mit einem Baby zu vereinbaren, die Proben und Auftritte«, vermutete ich, aber sie schüttelte den Kopf.

»Darum ging es nicht so sehr. Ich konnte einfach nicht mehr spielen. Es ging nicht mehr.« Sie zündete sich eine neue Zigarette an. Ich stellte sie mir vor, wie sie von einer Bühne heruntersprach, fremde Worte, ihr stark geschminktes Gesicht im hellen Licht. Noch am Nachmittag hätte ich mir das nicht vorstellen können. Mir fiel ein, was sie auf dem Spaziergang gesagt hatte. Dass sie früher, vor ihrer Ehe, eine andere gewesen war.

»Ich dachte, es kommt wieder, ich dachte, mit den Wochen, mit den Monaten kommt es zurück. Aber es blieb weg. Das, was ich konnte, mein Handwerk, es war einfach weg.« Sie öffnete die Handflächen minimal, als würde es ebendort verpuffen, als wollte sie mir zeigen, dass diese leer waren. »Diese Gefühle, dieses Verständnis. Die Fähigkeit, sich hineinzugeben in eine andere Person, in die Liebe, die Verzweiflung.« Sie machte eine Pause, blickte auf ihre festen, weißen Finger, die geöffnet über dem alten Bad Heim lagen.

»Mein Mann hat bekommen, was er wollte«, sagte sie dann. »Seit vier Jahren hab ich nicht mehr gespielt. Und jetzt ist es sowieso zu spät. Ich kann es nicht mehr.« Sie trank einen Schluck. »Das ist, worüber die Frau schreibt, in ihren Gedichten. Wie es sich anfühlt, wenn man sich verliert.« Wieder schwieg sie, blies dünne Wolken in den Raum zwischen uns. »Ich fühle überhaupt nichts mehr. Und trotzdem, gleichzeitig, jemanden so zu lieben, wie man ein Kind liebt. Ich habe Mütter gespielt, aber dieses Gefühl, das man für ein eigenes Kind dann hat, diese Angst – es ist, als wäre plötzlich alles fatal, jede Entscheidung etwas, das dem Kind schaden könnte. Es könnte fallen, es könnte krank werden, es könnte sich verletzen, es könnte sterben, es könnte so werden wie ich, wie er. Das frisst einen auf.« Die Wortenden verschwanden jetzt in den Zügen an ihrer Zigarette, Halbworte kamen mit dem Rauch, hingen über dem Tisch.

»Was ich immer konnte, das war verschwinden. Ich konnte komplett in einer Rolle, in einem anderen Leben verschwinden. Schon als Kind. Ich konnte einfach jemand anders sein, wenn ich es wollte.« Sie hob plötzlich beide Arme, wie bei einer Präsentation, die Handflächen nach oben. Ein großes, helles Lächeln erschien in ihrem Gesicht, so echt, dass es mich fast erschreckte, als sie es plötzlich fallen ließ. Es war das Lächeln einer Schauspielerin, deren Rolle sie für zwei Sekunden angenommen hatte, die sie vielleicht früher selbst gewesen war. Es war ein Lächeln, das den Zahn nicht länger versteckte, ein Lächeln, das von ihrer angespannten Mimik befreit war. Dieser Wandel, diese seltsame Überraschung – es schien, als wären dort die Widersprüche zu ihrer sonstigen Erscheinung verortet.

Dori fing meinen Blick auf, bevor ich ihn abwenden konnte. Sie hatte es gesehen, musste gesehen haben, welche Wirkung sie auf mich hatte. Ein kurzes Zucken der Mundwinkel, ein kurzes Lächeln. Sie streifte mit der Hand meinen Arm, sagte dann: »Jedenfalls kann ich es nicht mehr. Ich lebe nur noch für das Kind. Nur noch als Mutter für das Kind.«

Ihre Hände lagen jetzt kraftlos auf den Pappheftern, am Handgelenk das dünne Armband mit dem Anhänger, das ihr Mann ihr geschenkt hatte. In der altmodischen, kleinen Schrift des Großvaters sah ich daneben eine Jahreszahl. Zwei Jahre später war meine Mutter gestorben. Die Worte des Großvaters kamen mir wieder, *du bist doch keine Mutter für das Kind.*

»Es ist nicht so wichtig.« Dori richtete sich auf, strich sich das Haar zurecht. »Es war ja immer nur eine Spielerei. Man rettet damit ja keine Menschenleben.«

Sie war jetzt wieder völlig die Person, die ich zu Beginn kennengelernt hatte. Ich saß ratlos vor dieser Fassade, wusste nichts dazu zu sagen. »Ich habe ja jetzt Ilya«, fügte sie hinzu, lächelnd, als müsste das ausreichen. »Die Schauspielerei hat einfach nicht mehr dazu gepasst.«

Bald darauf verabschiedete sie sich, aber während ich den Tisch abräumte, kam sie noch einmal zurück. Sie stand in der offenen Terrassentür. »Könntest du das für dich behalten, dass du Ilya im Wald gefunden hast? Dass ich nicht da war?«

Ich sagte ihr, dass es niemanden gab, der mich danach fragen würde, und dachte dabei an Alexander Vargas. Sie sah mich ernst an, als hätte ich sie falsch verstanden. »Ich meine zu Ilya. Wenn es keine Umstände macht, dann sprich nicht mit ihr darüber. Wenn sie fragt, lass es ins Leere laufen. Mach ein Spiel daraus, sag, du erinnerst dich nicht. Ich denke, das wäre das Beste für sie. Es wäre das Beste, wenn sie denkt, dass das Ganze nicht passiert ist.«

Ich nickte langsam. Sie blieb stehen, fixierte mich. »Du sagst nichts zu ihr?« Sie wartete im Türrahmen, bis ich es aussprach, bis ich zusagte, nicht mit ihrer Tochter über den Vorfall im Wald zu sprechen. Dann erst nickte sie erleichtert. »Gut. Gut. Vielen Dank.«

Durch das schwarze Glas sah ich, wie sie langsam über die Veranda davonging. Wie sie dann vor ihrer Tür stehen blieb, den Blick zum Wald. Ich dachte an Doris Gesicht. Die Zudringlichkeit, mit der sie mein Versprechen eingefordert hatte, schien mir ungewöhnlich, und es dauerte etwas, bis ich greifen konnte, was darunter lag. Irgendetwas fürchtete sie, irgendetwas fürchtete sie mehr als den Brand, die schlechte Luft.

7

Als der Mann zum dritten Mal anrief, kündigte das Fernsehen gerade einen neuen Hitzerekord für den Tag an. Draußen türmte sich neuer Rauch über dem Wald, und die Polizei rief seit dem frühen Morgen wieder Warnungen aus. *Bleiben Sie zu Hause, tragen Sie eine Schutzmaske, halten Sie Fenster und Türen geschlossen.* Es wurde empfohlen, dass sich Alte und Kinder alle drei Stunden in ein Wasserbecken setzen sollten, die Temperatur nicht zu kalt, etwa vierunddreißig Grad. Ich hatte Ilya eine alte Zinkwanne in der Küche befüllt. Zwischen den Badeeinheiten saßen wir im Speisesaal im grauen Licht zwischen den geschlossenen Gardinen.

»Können Sie gerade sprechen?«, fragte der Mann. Ich stand hinter dem Tresen, blickte von dort auf seine Frau und seine Tochter. Ilya beugte sich über ein altes Malbuch, Dori saß daneben und las.

»Was kann ich für Sie tun?«

»Es hat sich bestätigt, dass meine Frau und meine Tochter in Bad Heim sind.«

Ich schwieg. Von draußen presste der Wind die warme Luft gegen die Scheiben.

»Hat sich jemand bei Ihnen gemeldet?«

Ich verneinte.

»Meine Frau hat gestern etwas dort bezahlt, in einer Apotheke.«

Es fühlte sich an wie eine Falle. Ich vermutete, dass er vorhatte herzukommen, dass er die beiden abholen würde.

»Wie gesagt, ich kann Ihnen leider keine Unterkunft anbieten«, sagte ich langsam.

»Das ist nicht der Grund für meinen Anruf. Ich wollte Sie um Ihre Mithilfe bitten.« Als ich nicht reagierte, fügte er hinzu: »Ich würde Sie natürlich dafür bezahlen.«

»Ich verstehe nicht, was Sie meinen.«

»Es ist eine komplizierte Geschichte. Sehen Sie, ich kann es schlecht erklären, aber meine Frau ist nicht in der Lage, für das Kind zu sorgen. Sie braucht Hilfe, sie braucht professionelle Hilfe.« Er klang sehr ruhig, doch es war eine beherrschte Ruhe, als hätte er wenige Optionen.

»Wieso kommen Sie nicht her?«, fragte ich.

Er zögerte, schien dabei nach den richtigen Worten zu suchen. »Meine Frau misstraut mir.

Sie .. ich wollte ihr helfen, aber sie misstraut mir. Sie denkt, dass ich ihr Medikamente geben will, dass ich ihr das Kind wegnehmen will. Wenn ich käme, um sie abzuholen .. ich habe Angst, dass es alles nur schlimmer machen würde, verstehen Sie? Sie muss freiwillig zurückkommen, sie muss selbst einsehen, dass sie Hilfe braucht.«

Im Speisesaal sprachen meine beiden Gäste leise miteinander. Ich machte den Fernseher lauter.

»Ich will nur, dass meine Tochter in Sicherheit ist, verstehen Sie? Bad Heim ist kein Ort für ein Kind. Sie wissen ja am besten, wie die Lage dort ist«, sagte der Mann.

Ich schwieg. Natürlich hatte er recht. Natürlich wusste ich, dass Bad Heim im Sommer kein Urlaubsort mehr war, und doch trafen mich seine Worte. Ich nahm sie als Angriff wahr, auf den Ort, auf das Leben hier, auf den Alltag, den Ilya hier hatte.

»Meine Frau ist krank«, sagte der Mann jetzt. »Sie kann sich nicht um ein Kind kümmern. Ich mache mir größte Sorgen.«

»Wie meinen Sie das?«

»Es ist eine komplizierte Geschichte. Sie ist instabil. Sie kann Gefahren nicht richtig einschätzen. Es wäre sehr wichtig, dass jemand ein Auge auf sie hat, verstehen Sie. Dass die Dinge nicht aus dem Ruder laufen. Wenn ich die Polizei einschalte, das wäre zu viel für sie. Und ich will nicht, dass meine Tochter das erleben muss, verstehen Sie? Ich brauche jemanden vor Ort, jemanden, der diskret ist. Ich will nicht, dass die Situation noch schlimmer wird.«

Ich fragte noch einmal, was er genau meinte.

»Ich weiß es nicht. Ich weiß es nicht. Man kann nicht in sie hineinschauen. Ich weiß nicht, wie ihr Zustand momentan ist. Ich befürchte das Schlimmste.«

Ich merkte, dass meine Erinnerung mich gegen den Mann einnahm, dass es nicht er war, nicht Dori, die meine Reaktionen bestimmten, sondern das, was ich selbst als Kind erlebt hatte. Der Großvater, der geglaubt hatte, dass die Mutter nicht gut für mich sorgen würde, der bis zu seinem Tod von ihr gesprochen hatte wie von einer Unmündigen. Natürlich hatte ich kein Wissen über die Ehe dieser beiden Menschen, aber etwas im Ton des Mannes war mir unangenehm vertraut. Diese Überlegenheit, diese Haltung, er könne die Realität, das Befinden der Frau besser einschätzen als sie selbst. Der Versuch, mein Bild von Dori zu färben, obwohl ich eine völlig fremde Person war. Es fühlte sich falsch an, nach einer Manipulation. Um ihn loszuwerden, versicherte ich ihm, ich würde die Augen offen halten. Das schien der sich öffnende Spalt zu sein, auf den er gewartet hatte.

»Können Sie sich umhören? In der Apotheke vielleicht. Können Sie herausfinden, wo sie wohnt?«, drängte er nach. »Ich habe selbst schon herumgefragt, auch in der Apotheke, aber Sie wissen, wie es ist, wenn man von außen kommt.«

Ich dachte an Baby, die mit einer Trillerpfeife in den Telefonhörer pfiff, wenn jemand Fremdes anrief.

»Wie gesagt, ich werde Sie dafür natürlich entlohnen«, fuhr er fort, als hätte ich bereits eingewilligt. »Ihre wirtschaftliche Lage ist bestimmt nicht einfach gerade.«

Ich sagte nichts dazu, bestätigte nur noch einmal, dass ich die Augen offen halten würde.

»Haben Sie meine Nummer noch?«

Ich bejahte, aber er diktierte sie ein weiteres Mal. Ich wusste, er würde mich wieder anrufen, wieder und wieder, bis Dori zu ihm zurückkehrte.

Nachdem wir aufgelegt hatten, blieb ich eine Weile am Tresen stehen, sah zu den beiden hinüber. Dori hatte ihr Buch zur Seite gelegt, malte auf Ilyas Wunsch ein Kindergesicht an, einen Arm, einen Schuh. Rot in die Kreise auf den Wangen, Violett auf die Augenlider. *Ich befürchte das Schlimmste.* Das hatte der Mann gesagt. *Ich befürchte das Schlimmste.*

Je mehr Stunden an diesem fensterlosen, heißen Tag vergingen, desto deutlicher spürte ich die Verunsicherung, die das Telefonat in mir ausgelöst hatte. Ich achtete darauf, ob Dori sich an die dreistündigen Intervalle hielt, kontrollierte die Temperatur des Wannenwassers. Ich behielt im Blick, wie viel Ilya trank, stellte ihnen eine Schale mit Mandarinen und Ananas aus der Dose hin. Mehrmals meinte ich, eine Nachlässigkeit zu entdecken, die Mutter, abwesend, in das Buch vertieft, während der Zeiger über die volle Stunde wanderte. Doch dann fiel es ihr immer irgendwann ein, immer, bevor ich sie erinnern musste. Sie saß neben der Wanne, die Füße ebenfalls im Wasser. Sie ließ die alten Plastikboote fahren, die ich in einer Kiste gefunden hatte. Sie tupfte Ilya mit einem Handtuch trocken, half ihr in die Unterhose, in das dünne Sommerkleid. Ich ärgerte mich darüber, dass das Gespräch mit dem Mann mich unfreiwillig in eine Verantwortung gezogen hatte, die ich als übergriffig und letztlich unnötig empfand, und ich beschloss, mit Dori zu sprechen.

Am späten Abend klopfte ich vorsichtig an die Tür mit der Nummer fünf.

Dori öffnete. »Was gibt es?«, flüsterte sie. Hinter ihr sah ich die schlafende Ilya auf dem Bett. Da man sich weiterhin nicht im Freien aufhalten konnte, bat sie mich hinein. Wir verschlossen die Tür, sie schob mit dem Fuß ein zusammengerolltes Handtuch vor den Spalt über dem Boden, wie ich es ihr gezeigt hatte. Dann standen wir einander im Dunkeln gegenüber. Ich nahm meine Maske ab.

»Warte kurz.« Ich hörte sie in der Dunkelheit, sah ihre graue Figur, die sich langsam an der Wand entlangtastete. Sie schaltete das Badezimmerlicht ein und winkte mich heran. »Geht es hier drin?«, fragte sie. »Ich will nicht, dass Ilya aufwacht. Es hat heute so lang gedauert, bis sie schlafen konnte.«

Im Badezimmer standen verschiedene Medikamente, Öle und Tropfen, Puderdosen, Lippenstifte, ein Fön, eine Haarbürste, Nagellacke in verschiedenen Farben. Während ich sprach, begann sie aufzuräumen. Sie schloss Dosen und Flaschen, stellte alles in einer Reihe auf.

»Dein Mann hat heute hier angerufen.« Im Spiegel sah ich ihr unbewegtes Gesicht. Sie versuchte mit den Fingern das Becken zu säubern, rieb an trockenen Flecken, kratzte mit den Nägeln, spülte alten Schaum, Puderreste und Haare in den Abfluss. »Er sucht euch.«

»Was hast du ihm gesagt?«

»Ich hab gesagt, dass hier zurzeit niemand absteigen darf, dass ich nichts weiß.«

Sie sah mir über den Spiegel ins Gesicht.

»Ich wusste nicht, was ich ihm sagen kann.«

Ich hörte mich selbst, als wären mir diese Worte in den Mund gelegt, von Büchern, Filmen – Geschichten, die jemand erfunden hatte. Dori sah mich weiter an, eine unkontrollierte Regung bewegte ihr Gesicht, ein kurzes Zusammenfahren. Dann lachte sie tonlos auf, wie ich es schon öfter bei ihr beobachtet hatte.

»Hat er dir Angst gemacht?«

Ich schwieg. Es klang, als wollte sie wissen, ob er mich bedroht hatte. Das war es nicht, Alexander Vargas war ruhig, höflich, und doch fürchtete ich jedes Mal, wenn das Telefon klingelte, dass wieder er dran war.

»Hat er dir gesagt, dass ich krank bin, dass ich nicht für mein Kind sorgen kann?«

Ihr Gesicht hatte etwas Hartes angenommen. Sie drehte den Wasserhahn zu, dann wieder auf, wusch sich die Hände, setzte sich auf den Wannenrand. Die nassen Finger griffen in den Stoff ihres Rocks, hinterließen dunkelblaue Felder. Ich stand groß vor ihr, sah hinunter, auf ihren weißen, geraden Scheitel, auf die nassen, krampfenden Hände.

»Kommt er her? Kommt er hierher?«

Sie stand auf und begann die Dinge, die sie eben ordentlich aufgestellt hatte, in ein kleines Täschchen zu werfen.

»Er weiß nur, dass du hier im Ort etwas bezahlt hast. Er weiß nicht, dass ihr im Hotel seid.«

Sie schloss für einen Moment die Augen. »Die Apotheke.« Ihr Atem ging schnell. Wieder setzte sie sich, stand wieder auf. »Weißt du, ob die Züge gerade fahren können? Hast du dein Handy da?«

Der kleine Raum schien plötzlich zu eng. Sie drängte an mir vorbei, zur Tür hinaus, in das Schlafzimmer. Das Licht des Badezimmers fiel auf den Fußboden, das Bett. Ich sah ihren Rücken, sah, wie sie hastig Dinge einsammelte, mit vollen Armen zum Sessel lief, manches ablegte, anderes holte.

Ich flüsterte: »Er kommt nicht her. Er hat gesagt, er will die Lage nicht verschlimmern.«

Ohne mich anzusehen, fuhr sie fort, wahllos Dinge auf den Sessel zu türmen. »Er will sie mir wegnehmen. Wenn er uns findet, nimmt er sie mir weg.« Sie drehte sich um, kam plötzlich zu mir zurück. »Hast du ihm gesagt, dass Ilya allein im Wald war? Dass du sie gefunden hast? Dass ich nicht da war?«

Ich schüttelte schnell den Kopf. »Wieso hast du solche Angst? Niemand kann dir doch so einfach dein Kind wegnehmen.«

Sie sah mich an, wieder zuckte es in ihrem Gesicht, kein Wort. Sie drehte sich weg, fuhr mit ihren Vorbereitungen fort. Zog den Koffer unter dem Bett hervor. »Kannst du uns zum Bahnhof fahren? Oder ein Taxi rufen?«

»Er sagt, er will nur wissen, wie es euch geht. Er sagt, er macht sich Sorgen.«

Wieder das tonlose Lachen. »Glaubst du ihm? Glaubst du auch, dass ich nicht auf mein Kind aufpassen kann?«

»Ich weiß nichts darüber.«

Ich stand im Türrahmen, sah meinen Schatten, ihre grauen Füße, ihre Hände, hier, dann da.

Nach einer Weile sagte ich: »Wo willst du denn hin? Ich glaube nicht, dass er herkommt. Er hat mich gebeten, ein Auge auf euch zu haben. Wir können uns doch etwas überlegen, wir können doch überlegen, was ich ihm sage und was nicht.«

Ich kannte diese Stimme an mir, kannte das Gefühl, auf diese Art mit jemandem zu sprechen. Ruhig, ruhig. Jemanden zu halten, der zu entgleisen drohte. Ich dachte an meine Mutter, an Abende, Nächte, die ich an Bettkanten verbracht und überlegt hatte, was ich tun konnte, um ihr zu helfen. Unsere Lage zu verbessern. Kindliche Ideen, bis ihre Hand in meiner, ihre Arme, ihr Gesicht auf dem Kissen endlich weich wurden.

Ich bin da. Ich bin da.

»Du kannst mir sagen, was ich ihm erzählen soll und was nicht«, wiederholte ich.

Ich merkte, dass Dori etwas ruhiger wurde. Dass der erste Schreck, der erste Drang zu fliehen, langsam abnahm.

»Wir können uns etwas überlegen«, sagte ich. »Einen Plan machen.«

Ich bin da. Ich bin da.

Sie sah mich an.

Ich nickte, bis auch sie nickte. Bis sie ablegte, was sie in der Hand gehalten hatte. Bis sie wieder ins Bad kam. Sie setzte sich zurück auf den Wannenrand.

»Hat er dir Geld angeboten?« Als ich nickte, lachte sie. »Das war klar.«

Wir schwiegen. Sie holte ihre Zigaretten aus der Handtasche, zog den Rauch tief ein, blies langsame Wolken in den engen Raum. Was konnten wir tun?

»Es hat sehr lange gebraucht, bis ich erkannt habe, was er macht. Er sagt mir so oft, dass ich verrückt bin, bis ich es selber glaube. Er sagt mir so oft, dass ich etwas vergessen habe, dass etwas nicht passiert ist, bis ich nicht mehr sicher bin, was stimmt.«

Im Rauch, im gelben Licht der alten Badezimmerlampe, sah sie mich an, kam plötzlich etwas näher, etwas zu nah. »Siehst du das?« Sie öffnete den Mund und zeigte auf ihre Schneidezähne. Sie wandte sich dem Spiegel zu, fuhr mit einer Fingerspitze über die kleine Stufe in ihrer Zahnreihe. Ihre Stimme war lauter geworden, doch mit einem Blick zur Tür fiel sie zurück in ein fast tonloses Flüstern. »Ich hab mich selber die Treppe hinuntergeworfen. Ich konnte es einfach nicht mehr ertragen. Es klingt, als wäre ich die Irrsinnige, aber er ist es, der das aus mir macht. Ich wusste nicht mehr, wie ich ihm sonst davonkommen soll. Er macht immer weiter, weiter, weiter. Er kennt kein Ende. Warte.« Sie stand auf, verließ das Badezimmer wieder. Als sie zurückkam, hielt sie ihr Telefon in der Hand.

»Ich hatte es jetzt tagelang aus. Ich schaffs nicht mehr. Wenn ich es anmache, dann kommen sicher Hunderte Nachrichten von ihm.«

Ich fand es nicht ungewöhnlich, immerhin war er auf der Suche nach ihr, immerhin hatte sie das gemeinsame Kind mit sich genommen. Es schien unter diesen Umständen normal, dass der Mann versuchte, seine Frau zu erreichen. Was sie mir allerdings zeigte, nachdem sie das Telefon angeschaltet hatte, war mehr, als ich erwartet hatte. Eine Salve von Nachrichten erschien auf ihrem Display, Alexander, Alexander, Alexander. Es hörte nicht auf. Sie öffnete den Chatverlauf. Er schickte vor allem Sprachnachrichten. Minutenlange Sprachnachrichten. 255, zählte die Anzeige. 280. 283 Sprachnachrichten in sechs Tagen. Stunden, die er ihr aufgesprochen hatte. Sie tippte auf eine der Nachrichten, wahllos. Die Männerstimme war ruhig. Ich erkannte den Anrufer sofort. Dieselbe Stimmlage, dieselbe Art, manche Silben zu dehnen, nur die Höflichkeit, die er mir gegenüber zeigte, fehlte vollkommen. Ich fragte mich, was es wohl mit ihr machte, diese Form der Anrede über sich ergehen zu lassen, die Kälte, den Spott. Wir standen jetzt beide, rauchten, zwischen uns das Display, kleine blaue Punkte, die mit den Worten des Mannes auf einer Linie nach vorn wanderten. Sie öffnete eine andere Nachricht, noch eine, noch eine. Das Telefon zitterte leicht zwischen uns. Der Mann sprach von sich, von ihr, von alten Geschichten, listete Dinge auf, an denen sie Schuld trug, Dinge, die sie unterlassen hatte, die sie nicht leisten konnte. Er benannte Fehltritt nach Fehltritt. Ihre Charakterlosigkeit, ihre Schwäche und immer wieder: das Trauma, das endlose, unüberwindbare Leid, das sie der gemeinsamen Tochter antat. Die unverzeihlichen Konsequenzen, die sie mit ihrem Verhalten herbeiführte. Die unschuldige Kinderseele, zerstört, und irgendwann, der tote kleine Körper, der allein auf ihre Rechnung gehen würde.

Doris Gesicht blieb unbewegt. Sie hörte sich an, was er ihr zu sagen hatte, als wäre sie aus Stein. Nur einmal, als er plötzlich laut wurde, da zuckte sie nach vorn, zur Tür, sah nach Ilya, ob sie noch schlief, ob sie auch nichts davon hörte.

»Können wir es ausmachen?«, bat ich. Ich ertrug es nicht mehr.

»Entschuldigung«, sagte sie. »Ich kenne das

schon.« Sie hatte die Zigarette im Waschbecken ausgedrückt, einen schwarzen Punkt hinterlassen, der langsam auf der nassen Keramik verschwamm. Sie setzte sich zurück auf den Wannenrand. Ich sah mich um, setzte mich schließlich auf den Klodeckel ihr gegenüber.

»Macht er das jetzt, weil du ihn verlassen hast? Ist das neu?«

Dori schüttelte den Kopf. »Ich weiß nicht mehr, wann das angefangen hat. Ich habe irgendwann gemerkt, dass ich begonnen hatte, ihn anzulügen, das war noch vor Ilya. Aus Angst, was er aus Sachen machen könnte, dass er etwas sehen würde, wo ich nichts gesehen hatte. Dass alles verdreht und verdreht werden würde, bis ich kaum noch atmen konnte vor Schuld.« Sie suchte nach einer Erinnerung, nach einem Beispiel. »Einmal hab ich etwas beim Einkaufen vergessen, etwas, das er haben wollte, um das er extra gebeten hatte. Dosenpfirsiche. Als ich fast zu Hause war, fiel es mir ein, da hatte das Geschäft schon geschlossen. Ich hab es durchgespielt. Hab alles weggeworfen, alles. Zu Hause hab ich gesagt, dass mir auf dem Weg in den Laden schwindelig geworden ist. Dass ich umkehren musste.« Sie lachte, als wäre das die Geschichte einer Fremden, einer Frau, für deren Situation sie kein Verständnis übrig hatte. »Krankheit, das war immer die Zuflucht. Krankheit und Schmerz, das ist eine Grenze, vor der er haltmacht. Er ist Arzt.«

Zwischen uns lag das Bild der Einkäufe im Schwarz einer Mülltonne, ihre Hände, die das Neue unter Altem begruben, sodass er es nicht fand.

»In diesem Buch, aus dem ich dir vorgelesen hab, *Kreise*, da gibt es eine Zeile: ›Er isst mich auf, bis nichts mehr ist.‹ Genauso hat es sich angefühlt. Irgendwann war das alles normal für mich. Ständig, ständig das Erfühlen seiner Stimmung, das innere Vorwegnehmen seiner Reaktion, meiner Erklärungen, Ausflüchte, die Angst, etwas falsch zu machen, wieder, wieder nicht alles bedacht zu haben. Und dann kam Ilya, und es wurde noch schlimmer. Du erziehst einen Junkie, weil Ilya mit eineinhalb noch einen Schnuller hatte. Die meisten Kinder haben doch einen Schnuller. Für ihn hieß das, dass ich egoistisch bin und faul.« Sie starrte auf die braunen Fliesen neben der Zimmertür, auf den alten Lichtschalter.

Ich betrachtete ihr Profil, die gerade Nase, den weichen Mund.

»Ich weiß, dass ich sie ihm nicht hätte wegnehmen dürfen. Er ist kein schlechter Mensch, kein schlechter Vater.« Sie sah zu mir. »Er meint es ja gut, das glaube ich wirklich. Ich hätte mich da schon lange anders positionieren müssen, ich weiß nicht, wieso ich solche Angst hatte, irgendwann. Er hat mich nie angefasst, es gab ja keine echte Gewalt. Ich hätte mit ihm reden müssen, mein Verhalten ihm gegenüber ändern, aber irgendwann war ich nur noch diese Frau, die sich für alles entschuldigt, die lügt, die ständig den Kopf einzieht, nickt und nickt und sich entschuldigt und entschuldigt und bei allem, was sie tut, schon Angst hat, was er darüber sagen wird. Irgendwann dachte ich, dass ich mich verhalte, als wäre ich so alt wie Ilya, als hätten wir denselben Vater, nur, dass er zu ihr weich ist und zu mir hart.«

Ich legte meine Hand auf ihre, die noch immer das Telefon hielt. Ihre Finger waren kalt.

»Das, was er macht, das ist Gewalt«, sagte ich. Für einen Moment saßen wir uns so gegenüber. Dann machte sie eine Geste, als wäre all das nicht der Rede wert, als hätte sie zu viel gesagt. »So was ist ja immer eine Dynamik. Wir bringen beide das Schlechteste ineinander hervor.«

Ich nickte, dachte an meine Mutter, den Großvater, an Geschichten, die Baby mir erzählt hatte. »Nur, dass du Angst hast«, sagte ich. »Und er nicht.«

Sie wiegte den Kopf und schwieg jetzt. Ich beließ es dabei. Es gab so vieles, was ich ihr gern gesagt hätte, aber wer war ich, ihr ungefragt Rat zu geben, welche Vorstellung konnte ich haben, nach dem wenigen, das ich gehört hatte.

»Ihr könnt hierbleiben, solange du willst.«

Sie lächelte schmal. Dann presste sie wieder die Lippen zusammen, schloss die Augen. »Dass ich das nicht bedacht habe. Dass ich die Karte benutzt habe.«

Ich sagte ihr nicht, wie lange er sie schon in Bad Heim vermutet hatte, dass er seit Tagen anrief, mit Bekannten und Freunden gesprochen haben musste. Ich überlegte, was sie wohl mit Baby geredet hatte, aber sie schien müde, und ich fragte nicht danach.

»Er weiß nur, dass ihr in Bad Heim seid, nicht hier im Hotel«, sagte ich noch einmal.

Sie sah mich an, als wäre sie sich dessen nicht sicher, als wäre es unwahrscheinlich, dass ich ihn getäuscht hatte. »Ich kann mich, uns, ja nicht für immer verstecken. Ich muss mich nur sammeln. Ich musste davon weg, von der Person, die ich geworden bin. Ich war jemand ganz anderes, vor ihm. Ich hab Hauptrollen gespielt. Ich bin gereist, hatte meine Freunde.« Sie sprach jetzt zu ihrem Spiegelbild, schweifte nur wie zufällig zu meinem Gesicht. »Ich habe Frauen verachtet, die in Beziehungen waren, die ich nicht gleichberechtigt fand, die wegen der Kinder zu Hause blieben. Ich war sehr schnell, sehr hart in meinem Urteil, wenn es um so was ging. Trenn dich, such dir was Besseres. Selber schuld, wer das mit sich machen lässt.«

Wieder, das freudlose Lachen. »Wie ein Krebs hat er sich hineingefressen. Bis ich alles, mein ganzes Leben, mit seinen Augen gesehen habe. Die Schauspielerei, meine Freunde, meine Mutter. Mich selber. Es war von Anfang an, als würde er mir einen Zaun zeigen. Schau, in diesem mäßigen Garten stehst du, und du denkst, das ist die ganze Welt. Ich wollte raus. Raus aus diesem Leben, aus diesen ewigen Existenzängsten. Ich dachte, mit ihm, da bekomme ich etwas, das besser für mich ist. Ruhe. Sicherheit.« Sie machte eine Pause. Dann, irgendwann: »Es war sehr schön, was wir damals hatten. Die ersten Jahre. Seine Wohnung, Urlaube. Nicht mehr dieser Druck, spielen zu müssen, jede Rolle annehmen zu müssen, immer warten zu müssen, dass jemand mich engagiert. Nicht mehr diesen Regisseuren ausgesetzt zu sein, dieser Industrie. Aber irgendwann gab es nur noch ihn und mich, und dann Ilya. Und alles andere war fort.«

Vom Bett war ein Husten zu hören, ein unruhiges Wälzen. Dori sah nach Ilya, kam dann zurück, blieb in der Tür stehen. »Entschuldigung, ich hab schon viel zu viel von deiner Zeit beansprucht.«

Ich hielt kurz ihre Hand zum Abschied. Hoffte, dass sie wusste, dass ich auf ihrer Seite war, dass sie im Hotel sicher war.

Draußen blies ein warmer Wind durch den Ahorn, über das Teichwasser. Ein Fisch trieb an der Oberfläche, bewegte sich wehrlos mit den kurzen Wellen.

8

In der Nacht nahm der Wind zu, was die Lage im Wald verschlimmerte. Die Böen machten die Flammen unberechenbar, und wenn das Lauffeuer in die Wipfel stieg, drohte ein Totalbrand. Durch die Hitze hatte die Vegetation zu viel Feuchtigkeit verloren, was die Löscharbeiten stark erschwerte. Flugzeuge flogen in kurzen Abständen über das Hotel, ihre Schatten zogen dabei durch den grauen Garten. In der Warn-App verschoben sich die Felder schnell über der Gegend, wechselten die Farbe, wurden dunkler. Ich googelte, welche neuen Regulierungen sich daraus ergaben, als das Telefon klingelte.

»Sie haben sich nicht bei mir zurückgemeldet.«

Ein Tag. Einen Tag hatte er mir gegeben.

»Verfolgen Sie die Lage in Bad Heim über die Medien?«, fragte ich ihn.

»Natürlich.«

Ich dachte daran, was ich mit Dori besprochen hatte. Am frühen Abend wollten wir losfahren, so weit wir kamen. Der Bahnbetrieb in Bad Heim war eingestellt worden, aber ein paar Orte weiter verkehrten die Züge noch. Sie wollte möglichst weit weg und dann an einem Fahrkartenautomaten ein Ticket kaufen, nach Düsseldorf oder Leipzig. In beiden Städten hatte sie einmal gelebt, am Theater gespielt. Sie würde mit der Karte zahlen, ihn denken lassen, dass sie weitergereist war. Dann würden wir ins Hotel zurückkehren und hoffen, dass er der falschen Spur folgte.

»Ich habe für Ihre Angelegenheit leider keine Zeit«, sagte ich. »Hier wird rundum evakuiert, ich muss das Haus vorbereiten.«

Das war eine Übertreibung, aber ich dachte, dass sie meine Geschichte glaubhafter machte.

»Was bedeutet das für Sie genau?« Er wirkte, als wollte er seine Hilfe anbieten.

»Dass ich packen muss. Schauen, was in den Brandschutzschrank kann und was ich mitnehmen muss.«

Obwohl er unverändert höflich war, bemerkte ich, dass sich eine gewisse Kälte in meine Reaktionen geschlichen hatte, die ich schlecht verbarg. Er schwieg, dann kommentierte er mit ruhiger Stimme treffsicher genau diese Verschiebung.

»Etwas hat sich getan, bei Ihnen.«

»Wie gesagt, die Lage hier ist sehr angespannt«, sagte ich.

»Ihre Stimme hat sich verändert.«

»Ich habe wirklich keine Zeit«, sagte ich knapp.

Er schwieg.

»Ich verstehe«, sagte er dann. Ich wollte am liebsten auflegen, doch er hielt mich am Hörer. »Die veränderte Lage in Bad Heim, das verstärkt meine Sorge, wie Sie sich sicher vorstellen können.«

Ich bemühte mich um Freundlichkeit, dachte an unsere Lüge, daran, wie ich mit ihm sprechen würde, wenn alles tatsächlich so wäre, wie ich es ihm vorzutäuschen versuchte. »Das verstehe ich«, sagte ich. »Aber ich kann Ihnen da leider nicht weiterhelfen. Es gibt zu viel zu tun für mich.«

»Das glaube ich Ihnen. Ich sehe die Bilder, ich will Sie gar nicht abhalten. Es ist nur – sind Sie sicher, dass Sie nichts gehört haben, das relevant für meine Sache ist?« Als ich schwieg, fuhr er fort: »Wenn Sie meine Frau kennen würden, wie ich sie kenne, dann wüssten Sie, warum ich so dränge. Mir sind die Hände gebunden, verstehen Sie. Aus der Distanz. Meine Frau hat eine Wirkung auf Menschen, und sie setzt das ein, wissen Sie. Sie kann sehr gewinnend sein. Anziehend. Sie ist schön, sehr gefasst. Man ahnt nicht, was dahinter kommt, die Fallhöhe. Es ist wichtig, dass man sich da nicht blenden lässt.«

Ich rang mir ein Lachen ab, von dem ich hoffte, dass es natürlich klang. »Wir sollen ja die Häuser gerade gar nicht verlassen. Es besteht also keine Gefahr, dass ich mich von Ihrer Frau blenden lasse.« In sein Schweigen hinein wünschte ich ihm alles Gute.

»Ihnen auch«, sagte er. »Viel Erfolg mit Ihren Vorkehrungen.« Dann: »Nur eine letzte Sache. Meine Frau ist keine Lügnerin, das wollte ich damit nicht sagen, aber sie ist Schauspielerin. Hatte ich das bereits erwähnt? Meine Frau ist eine sehr gute Schauspielerin, es liegt ihr im Blut, verstehen Sie?«

Er sprach weiter, und ich ließ ihn.

»Sie ist auch eine gute Mutter, wenn sie stabil ist. Das zweifle ich alles gar nicht an, darum geht es nicht. Aber das alles hat bei ihr keine Substanz, verstehen Sie? Das ist alles brüchig, das kann umschlagen, von einem Moment zum nächsten. Sollten Sie also doch noch etwas hören, oder sollten Sie ihr begegnen, dann denken Sie bitte daran. Das, was Sie sehen, was sie Ihnen zeigt, ist eine Fassade. Meine Frau ist mentally unfit, sie hat eine Persönlichkeitsstörung, das muss man ganz klar so diagnostizieren.«

Ich spürte, wie seine Worte auf mich wirkten. Wie gut kannte ich Dori? Ich dachte an ihr Gesicht, an das leichte Beben ihrer Augenbraue, ihres Mundwinkels. An ihren Blick, ihre Hand in meiner.

»Ich gebe Ihnen ein Beispiel«, sagte der Mann ruhig. »Sie ist mit unserer Tochter die Treppe hinuntergesprungen. Können Sie sich das vorstellen? Eine Steintreppe, relativ steil, mit einem Baby. Und das ist nur eine Geschichte von vielen.«

Ich dachte an Doris Erzählung. An den kurzen, weißen Zahn, nah vor meinem Gesicht. *Er macht immer weiter, weiter, weiter.* Kein Wort von Ilya.

»Es war pures Glück. Pures Glück, dass beide überlebt haben.«

Die Szenen dieser fremden Ehe, dieser kleine Einblick, den ich in den vergangenen Tagen erhalten hatte – immer wieder fielen mir Momentaufnahmen davon ein, als hätte ich das Gehörte in einem Film gesehen. Dori mit Ilya auf der Treppe, Dori auf dem Rückweg vom Supermarkt. Ich verstand nicht, wie sie sich derart von ihrem Mann hatte behandeln lassen können, warum sie so lang geblieben war. Alles, was mir sicher erschien, war, dass Dori das Richtige getan hatte, die Situation zu verlassen. *Wir bringen das Schlechteste ineinander hervor.*

»Meine Frau ist in Bad Heim«, sagte der Mann jetzt. »Sie sagen es selbst, die Lage verschlimmert sich zunehmend. Meine Tochter ist dort. Ich will Sie nicht derart bedrängen, aber ich bin hilflos, verstehen Sie? Meine Frau ist allein überfordert, und ich kann nichts tun. Sie macht, was sie will, fährt mit meiner kleinen Tochter in ein Brandgebiet, und ich kann nichts tun.«

Ich sagte ihm, dass ich ihn verstehen würde, dass ich, sollte es zu einer Evakuierung kommen, Ausschau nach einer Fremden mit Kind halten würde. Das sei alles, was ich ihm anbieten könne.

Obwohl ich im Gespräch mit dem Mann übertrieben hatte, war es doch ein Fakt, dass die Lage um uns herum sich verändert hatte. Die Hitze, die Einschränkungen, die Flieger. Die Feuer waren präsenter geworden, lauter. Hinter dem Fenster stand der Rauch dicht in der rötlichen Luft über der Wiese. Der große, tote Fisch in der Mülltonne, die restlichen unter der trüben Wasseroberfläche im warmen Teich. Asche, Glut, der rote Ahorn, dessen Blätter sich an den Ästen einrollten wie Raupen, hart und schwarz an den Rändern. Es war mir, als würde ich auf einem Feld stehen. Sehend, dass bald ein Sturm alles um mich herum erfassen würde. Aber noch waren es nur die Ähren, die der Wind bewegte, nur die Wolken, die sich zusammenzogen.

Noch blieben wir.

Dori und ich schälten Kartoffeln, wir badeten Ilya, wir schoben im Dämmerlicht des abgedunkelten Speisesaals drei Sessel zusammen vor den Fernseher, unter einen der Ventilatoren. Im wechselnden Licht der Sendungen betrachtete ich ihr stilles Gesicht, ihr Lächeln, ihre Schultern. Manchmal trafen sich unsere Blicke, und sie lachte, und es kam mir lang her vor, dass ich allein hier gelebt hatte. Ich beobachtete, wie ruhig sie mit ihrer Tochter sprach. Ich legte das, was ich in ihr sah, über das, was der Mann gesagt hatte.

Mentally unfit. Persönlichkeitsstörung.

Wo wir saßen, war es still. Cartoons und Cornflakes und draußen der Brand.

Auf den kühlen Fliesen zeigte ich Ilya das Barbie-Kofferhaus, zeigte ihr, wie man den Kamin zu einem Bücherregal drehen konnte, den Esstisch zu einem Bett.

Ich scrollte durch Immobilienangebote, kam zum immer selben Ergebnis. Mein Hotel, mein Land, beides war nichts mehr wert, meine Ersparnisse nicht ausreichend, um woanders etwas zu kaufen. Es war unmöglich, mein Leben zu versetzen. Dori beugte sich auf der Armlehne zu mir, sah mir über die Schulter. Ich spürte meinen eigenen Körper, wenn sie mir nahe kam, wie sich mein T-Shirt mit den Atemzügen bewegte. Wir blieben an einem Haus hängen, an einer kleinen Pension mit Blick auf einen See. Dori kannte den Ort, sie hatte einmal dort vorgesprochen, in einem Kleinstadttheater in der Nähe. »Ich hab damals abgesagt.« Sie lachte. »Vielleicht könnte ich mich bei denen noch mal melden.«

»Du willst wieder spielen?«, fragte ich. Es war das erste Mal, dass sie eine Idee äußerte, dass ich eine Vorstellung davon bekam, was sie über ihr weiteres Leben dachte. Wir klickten uns durch die kleinen Räume, die Bilder der Umgebung. Grüne Wälder, Berge, der See bei Sonnenaufgang, Kindergarten, Grundschule.

Ilya saß mit dem Puppenhaus zwischen uns und dem Fernseher, wie auf dem Grund eines Teichs. Sie stapelte kleine Plastikteller, fuhr mit den Fingern über die pinkfarbenen Tapeten, die brüchige Silberfolie des kleinen Spiegels.

Vierhundertdreißigtausend Euro zwischen uns und diesem anderen Leben. Ilya und ich in der Stube, während Dori Proben hatte, Aufführungen. Ilya, mit anderen Kindern im Garten. Mein Gang durch die kleinen Räume. Offene Fenster, frische Luft, Runden im See. Wir lachten darüber. »Er würde uns nie finden, da.« Doris Flüstern, ihr Gesicht, nah neben meinem.

Gegen Abend fuhren wir los. Draußen war es noch immer unerträglich. Beißende Hitze, gestaut unter einer Glocke aus Rauch. Der Wind schien die Luft kaum zu bewegen, drückte sie nur heiß gegen die Haut, in jede Ritze, brannte in den Augen, bei jedem Atemzug. Die Autositze klebten, alles schien eine seltsame Zähigkeit angenommen zu haben. Das Kunstleder, der Asphalt. Alles fühlte sich weich an. Das Lenkrad war so heiß, dass ich die dünnen Baumwollhandschuhe anzog, die ich für diesen Zweck im Auto liegen hatte.

Wir fuhren durch den Ort, auf die Bundesstraße. Dori auf dem Beifahrersitz, Ilya auf der Rückbank unter einer silbernen Rettungsdecke. Ich fühlte den Stoff meines T-Shirts nass im Rücken, einzelne Schweißtropfen, die langsam an den Oberschenkeln entlang, in die nassen Kniekehlen, zu den Knöcheln liefen. Im Fußraum, neben Doris Beinen, stand eine Kühlbox mit Eiswürfeln, feuchten Handtüchern und einer großen Wasserflasche.

Ich hatte Verkehr erwartet, aber merkte bald, dass ich unterschätzt hatte, wie viele Menschen die Gegend verließen. In der Abendsonne standen wir bald in einer langen, nahezu bewegungslosen Reihe von Autos, die bis unter das Dach mit Habseligkeiten bepackt waren. Graue, müde Kindergesichter hinter grünlichen Sonnenschutzfolien.

Silbern bedeckte, ruhende Körper, Ventilatoren, Fächer, Tücher, die vor Gesichter und in Nacken gepresst wurden. Es gab keinen anderen Weg, die Autos herunterzukühlen. Aufgrund der toxischen Werte mussten Klima- und Lüftungsanlagen ausgeschaltet bleiben, die Fenster geschlossen.

Es gab lange keine Möglichkeit, abzufahren. Ilya hatte anfangs eine Weile geweint, jetzt lehnte sie still im Polster. Ich fragte Dori, ob Ilya genug getrunken hatte. Sie zog eine kleine, halb volle Plastikflasche aus ihrer Handtasche, reichte sie nach hinten.

Im Rückspiegel stand hinter den Autos, die nach uns kamen, eine Wand aus Rauch. Ich sah, dass auch Dori nass geschwitzt war, sah ihren feuchten Nacken, den dunkel gefleckten Stoff ihres Kleides.

»Ich habe nicht so viel dabei«, sagte sie. »Ich wusste nicht, dass wir so lange unterwegs sein werden.«

Ich entschuldigte mich. Immer vergaß ich, dass sie die Lage nicht so einschätzen konnte wie ich. »Es wird schon reichen. Wenn es dunkel wird, wird es auch kühler.«

Mit dem Sonnenuntergang verschwand die schlimmste Hitze, aber die Temperaturanzeige sank nur langsam, von 43, auf 42,5 auf 42. Ich merkte, dass Dori nervös wurde. Wir standen, schwitzten, Ilya schien erschöpft. Dori drehte sich ständig zu ihr um, bat sie zu trinken, stellte ihr Fragen, fasste nach hinten, unter die Rettungsdecke. »Sie ist ganz nass«, sagte sie. »Sie ist komplett nass.«

Ich fragte sie, ob sie umkehren wollte. Schlug vor, die nächste Ausfahrt zu nehmen. Wir waren noch keine fünfundzwanzig Kilometer von Bad Heim entfernt.

»Ich weiß es nicht.« Ich bemerkte, dass sie meinen Blick mied. Mit hektischen Bewegungen beugte sie sich nach hinten, tauschte Ilyas Rettungsdecke mit einem kühlen Handtuch, wischte ihr den Schweiß von den Beinen, aus dem Gesicht. »Ich muss ihr das alles ausziehen«, sagte sie. »Das ist alles komplett durchnässt.« Sie zerrte an den nassen Kleidern. Ilya hatte die Augen geschlossen.

Ich verstand nicht, ob sie mir einen Vorwurf machte, ob sie bereute, losgefahren zu sein, ob sie dachte, dass es meine Verantwortung gewesen wäre, die Lage realistisch einzuschätzen. Ich fühlte mich plötzlich übergriffig, zu sehr involviert in einen Plan, der mich kaum betraf, naiv, aufdringlich. Ich hatte keine Ahnung von ihrem Leben, von der Verantwortung, die sie trug. Und doch dachte ich, es besser zu wissen, dass ich einen härteren Griff um die Realität hatte, eine klarere Vorstellung davon, was nötig war. Ich dachte an meine Mutter, an den Großvater, an Doris Mann. Daran, dass ich exakt das Verhalten annahm, das ich anderen vorwarf, dass ich versuchte, Dori die Situation aus der Hand zu nehmen, ihr das Kind aus der Hand zu nehmen, und dass es doch sie war, die genau das von anderen, von mir, zu erbitten schien.

Als Dori versuchte, das Handtuch mit frischem Wasser zu tränken, rutschte ihr die Glasflasche aus den feuchten Händen und rollte in den hinteren Fußraum.

»Vorsicht!«, sagte ich, etwas zu laut. Ich bemerkte, wie Zorn in mir hochstieg, dass mir alles zu viel wurde, dass ich allein sein wollte. Die Hitze, der Stau, Doris Nervosität. Sie wühlte nach der Flasche, ihre Hüfte presste dabei gegen meine Schulter. Zu nah, zu warm. Ich fragte sie, ob etwas ausgelaufen war, bemühte mich, ruhig zu klingen. Keine Antwort. Sie fuhr damit fort, Ilya abzureiben, ihr sinnlos Wasser auf die Lippen zu tupfen.

»Sie wacht nicht auf«, sagte sie schrill. »Sie wacht nicht mehr auf.«

Erst da bemerkte ich, dass sie weinte, sah, dass die Haut an ihrem Hals fleckig verfärbt war, sah ihre Hände, die sie kaum noch kontrollieren konnte. Im Rückspiegel lag Ilya nur noch in ihrer Unterhose auf der Rückbank, gelblich und feucht, bewegungslos unter den Handgriffen ihrer Mutter.

Ich fragte noch einmal, ob das Mädchen über den Tag hinweg genug getrunken hatte. Ich selbst hatte kaum noch darauf geachtet. Dori gab keine Antwort. Sie schüttelte Ilya jetzt, versuchte sie im Sitz aufzurichten. Neben ihrem nassen Oberschenkel schaltete ich vom ersten in den zweiten Gang, als die Autoreihe sich langsam weiterbewegte. Es war inzwischen dunkel, vor uns lag eine lange Kette roter Lichter, hinter uns legten unzählige Scheinwerfer ihre weißen Kegel über den Rauch.

»Soll ich abfahren?«, fragte ich noch einmal. »Sollen wir ins Krankenhaus fahren?«

Dori rief panisch Ilyas Namen, dazwischen wieder und wieder, zu mir, zu sich: »Sie reagiert nicht. Sie reagiert nicht.«

Irgendwie zerrte sie den Kinderkörper schließlich nach vorn, auf ihren Schoß, umfasste ihn, als müsste sie etwas greifen, das ihr an allen Enden schwer und nass zu entgleiten drohte. Die dünnen Arme, Beine, der Nacken und der Kopf – ein unkontrollierbares Gefüge kraftloser Glieder und Gelenke. Dori versuchte Ilya aus der großen Flasche Wasser zu geben. Ich sah, dass das Mädchen jetzt die Augen geöffnet hatte, den Kopf in Doris Armbeuge gekippt, als könnte sie ihn selbst nicht mehr halten.

»Hast du Traubenzucker?«, fragte ich. Ich hatte

gehört, dass Traubenzucker und isotonische Getränke bei Dehydration halfen.

»Nein, nein, ich habe keinen Traubenzucker!«, schrie sie. »Es war nicht meine Idee, diese irrsinnige Fahrt zu machen! Ich hatte keine Ahnung, was das alles bedeutet!«

Ich kannte das. Den Umschwung, die Schuldzuweisungen. Ich hörte meine Mutter mit Doris Stimme, ihre Überforderung. Sie würde keine Entscheidung treffen.

»Ich fahre ins Krankenhaus.«

»Wir können nicht ins Krankenhaus! Wir können auf keinen Fall ins Krankenhaus!«

Ich schwieg, zog die Handschuhe aus, fühlte meine nassen, aufgeweichten Fingerkuppen auf dem heißen Plastik. Suchte mit einer Hand im Handschuhfach, in meiner Tasche nach alten Bonbons, Kaugummis, blieb erfolglos.

Irgendwann erreichten wir die Ausfahrt, irgendwann den nächsten Ort. Ich hielt kommentarlos an der einzigen geöffneten Apotheke, beschrieb durch ein kleines Fenster Ilyas Symptome.

»Sie müssen das Kind in die Notaufnahme bringen«, sagte die Apothekerin sofort. Ich sah ihr ernstes Gesicht hinter der perforierten Scheibe. Sie war eine ältere Frau, rotes Haar, rot umrandete Brille. »Das muss abgeklärt werden«, sagte sie. Sie fragte, wann hat das Kind zuletzt gegessen, getrunken, hat sie sich erbrochen, welche Farbe hat die Haut, haben die Augäpfel? »Das kann Dehydration sein, wenn sie nicht mehr reagiert, dann braucht sie auf jeden Fall eine Infusion. Schlimmer ist es, wenn es vom Rauch kommt. Sie müssen das Kind umgehend ins Krankenhaus bringen.«

Ich fragte, ob es etwas gab, das wir auf dem Weg dorthin anwenden konnten, und bezahlte eine Babyflasche sowie eine Packung mit Elektrolytpulver zum Erstellen einer Lösung. Die Apothekerin verschwand für einen Moment, kam dann eilig mit der angemischten Flüssigkeit in der Flasche zurück. Ich lief zum Auto, gab Dori die Flasche, tippte den Namen der Kinderambulanz, die die Frau mir genannt hatte, in die Navigations-App. Doris Hände zitterten, als sie versuchte, Ilya den Sauger zwischen die Lippen zu schieben.

»Trinkt sie?«

Keine Antwort.

»Trinkt sie?« Ich wurde lauter, hilflos in meiner Sorge.

Wie ein Baby lag Ilya in Doris Arm, die langen, blassen Beine über ihrem Schoß, gegen die Fensterscheibe gefaltet. Dori flüsterte, schnell und panisch, ich verstand kein Wort. Sie leistete keinen Widerstand, als ich das Auto vor dem Krankenhaus stoppte, als ich ihr Ilya abnahm.

9

Wir verbrachten die Nacht dort. Es war kühl und hell und für die Vielzahl an Menschen erstaunlich leise. In den Gängen lagen auf schmalen Rollbetten überall schlaffe, weiche Körper. Dünne Schläuche in Nasenlöchern, Masken, Infusionen, Verbände, pumpende Maschinen, regelmäßiges Piepen. Das Personal versorgte die Menschen routiniert, unsentimental. Neben uns, Ilyas kleiner, schlafender Körper, unter einem dünnen, gestreiften Laken, eine Nadel in der Armbeuge, durch einen Schlauch tropften Kohlenhydrate, Salze und Flüssigkeit in ihr Blut. Dori saß still daneben, ihre Hand auf der kleinen Brust. Ich brachte ihr Kaffee, ein Sandwich aus der Cafeteria.

»Es tut mir leid«, sagte ich. »Dass ich euch in diese Situation gebracht habe.«

»Mir tut es leid«, sagte sie. Sie klang müde. Sie stieß etwas Luft aus, presste die Lippen zusammen.

»Seid ihr über deinen Mann versichert?«, fragte ich. »Wolltest du deshalb nicht her?«

Sie nickte. »Er kriegt ja über alles Bescheid.« Nach einer Pause fügte sie hinzu: »Er ist sehr gut vernetzt, die kennen sich alle.«

In meiner Vorstellung saß Alexander Vargas mit den Leuten der Versicherung, mit anderen Ärzten, Anwälten und Richtern an einem Tisch, Hände wurden geschüttelt, Geschichten und Gelächter geteilt, Privilegien. Ich dachte daran, wie er versucht hatte, mich für seine Pläne einzuspannen, mir Geld angeboten hatte.

»Vielleicht besser so.« Sie hob die Schultern.

Ich hatte ihr schon am Nachmittag in kurzen Zügen von dem letzten Gespräch mit ihrem Mann erzählt, in der Küche, leise, während Ilya vor dem Fernseher gesessen hatte. Ich erinnerte mich jetzt mit Scham an unsere Energie zu diesem Zeitpunkt, an die kindische Lust an unserem Streich. Wie stolz wir auf unseren Plan gewesen waren. Naiv glaubend, Alexander Vargas und alles, wofür er stand, austricksen zu können. Wir hatten uns getäuscht und, was das Schlimmste war, darüber die Gefahr, die die Feuer vor allem für Ilya darstellten, völlig aus dem Blick verloren. Ich dachte daran, wie ich ihre Stille, ihre Schläfrigkeit genossen hatte. Die Möglichkeit, Stunden allein mit Dori zu verbringen, mit ihr zu lachen, mehr über sie zu erfahren.

Nichts von unseren Hoffnungen war jetzt übrig. Wir hatten Ilyas Wohl vernachlässigt, hatten ihr geschadet. Wie irrwitzig unsere Idee gewesen war. Wie unmöglich, wie dumm von uns, sie umzusetzen. Ich fühlte mich verantwortlich. Ich hatte mich eingemischt, hatte Dori unüberlegt in einen Plan getrieben, der gefährlich und aussichtslos war, und mit Unwohlsein spürte ich, dass meine Beweggründe egoistisch gewesen waren. Ich hatte die beiden bei mir halten wollen, um jeden Preis, dabei wusste ich so wenig von ihnen und ihren Umständen.

Ich fragte Dori nach dem Sprung. Danach, ob sie Ilya dabei im Arm gehalten hatte.

In ihrem Gesicht saß verlaufene Schminke in einer Linie um ihre Nase und ihren Mund, bläuliche Schatten unter ihren Augen. Das Haar war strähnig getrocknet, auf ihrem Kleid hatte der Schweiß weiße Ränder hinterlassen. Da war kein Zögern, kein Vertuschen. Ja, sie war mit ihr gesprungen, mit Ilya in der Trage. Ich legte meine Hand auf ihre, auf die kalte Faust, die in ihrem Schoß lag, neben dem eingeschweißten Sandwich.

»Ich habe es erst im Fallen begriffen. Dass ich nicht allein bin, dass ich sie mitnehme.«

Sie sah mich an. Ich fühlte ihre Hand unter meiner, ein hartes Krampfen.

Sie erzählte, wie ihr Mann sie danach versorgt

hatte. Wie er sie ins Krankenhaus gefahren hatte, ohne ein böses Wort. Wochen, bis ihre gebrochenen Arme geheilt waren. Die ersten Tage, in denen er sich allein um sie und Ilya gekümmert hatte, dann die sechs Wochen, in denen ihre Mutter bei ihnen gelebt hatte. Er hatte Dori untersucht, an den Abenden, nach der Arbeit in der Praxis, hatte ihr das Essen klein geschnitten, hatte ihr lange Strohhalme gekauft, sodass sie ihre Getränke nicht anheben musste.

Das waren späte Sommertage, Fröhlichkeit, Gespräche um den Esstisch, wenn Ilya ins Bett gebracht war, seine Hand auf ihrem Bein. Dann, Spielfilme im Fernsehen, die Gardine, die vom Nachtwind ins Zimmer gebläht wurde, über das Bett. Es roch nach Herbst.

»Ich war so naiv. So naiv, ich habe in diesen Wochen wirklich geglaubt, dass sich etwas verändert hat. Ich habe geglaubt, er hätte eingesehen, dass wir es zu weit getrieben hatten, beide. Dass sich etwas ändern muss. Dieses Drama zwischen uns, bevor ich gesprungen bin, die Schreie, die Beschimpfungen. Und alles mit Ilya dazwischen, in der Trage. Direkt über meinem Herzschlag. Ich war so gefangen in der Situation, dem Streit, ich hab sie komplett vergessen. Ich kann mich nicht einmal erinnern, ob sie wach war oder nicht, ob sie geweint hat. Erst als wir zurückkamen, nachdem wir meine Mutter zum Bahnhof begleitet hatten, einen Tag nachdem der Gips abgenommen worden war, da habe ich verstanden, dass alles, die ganze Zeit zwischen dem Sprung und jetzt, dass es alles nicht echt gewesen war. Alexander stand im Türrahmen. Ich versuchte, Ilya die Schuhe auszuziehen, lachte darüber, wie dünn, wie schwach meine Arme noch waren. Von ihm kam keine Reaktion. Sein Blick war komplett kalt. Ich bin auf ihn zu, habe ihn gefragt: ›Ist alles in Ordnung?‹ Seine Antwort war: ›Eine Frau wie du sollte kein Kind haben.‹ Vor Ilya. Sie saß dazwischen, hat mit ihren Schuhen gespielt. Für mich war das, als würde er mich in einen Abgrund stoßen. Nach diesen Wochen, nach seiner Fürsorge. Dass die ganze Zeit, dahinter, dieses Urteil in ihm gewesen ist. Ich bin ihm nach, aber das Letzte, was er gesagt hat, war, ich kann froh sein, wenn er mich weiter in ihrer Nähe duldet. Das war alles. Und er hat ja recht mit allem. Ich hab die Kontrolle verloren. Als Mutter kann man das nicht.«

Ich fragte, was er gemeint hatte, mit diesem letzten Satz, fuhr dabei mit den Fingern über ihre weißen Knöchel, über ihre harte, kalte Hand.

»Dass er sie wegnimmt. Dass es in seiner Macht steht.« Ihre Stimme brach dabei, sie konnte es kaum aussprechen.

»Aber das kann er doch nicht«, setzte ich an, doch sie unterbrach mich.

»Ich bin mit ihr die Treppe hinuntergesprungen, Iris. Meine Brüche, ihre Prellungen, das ist alles dokumentiert worden.«

Ich merkte, dass ich sie verlor, dass die Panik, die sie in sich trug, hochkam. Ich dachte an ihren Protest im Auto, an ihre Tränen. Wie wenig ich ihre Lage verstand, wie sehr die Angst, ihr Kind zu verlieren, ihre Gedanken und Entscheidungen bestimmen musste.

»Es tut mir leid, dass ich euch hergebracht habe«, sagte ich. »Vielleicht kann ich was machen. Vielleicht kann man darum bitten, dass die Versicherung diese Infos nicht an ihn weitergibt, da muss es doch einen Schutz geben.«

»Ich hätte nicht mit ihr weglaufen dürfen«, sagte sie. »Ich hab es damit nur schlimmer gemacht. Irgendwann muss ich zu ihm zurück, er wird nicht ewig warten.«

Ich hielt sie fest. Wir schwiegen. Für den Moment saßen wir hier, es war kühl, und Ilya war versorgt. Das, was mein Leben war, war für sie nur ein Zeitfenster, eine kurzfristige Verlängerung der Leine, an der er sie hielt. Irgendwann würde er anziehen, und am anderen Ende stand nicht nur er, da stand sein komplettes Kapital. Andere, die er dafür bezahlen konnte, die Realität seinen Wünschen anzugleichen. Und Dori, an ihrem Ende, allein. Bis auf mich, aber was war das schon.

Später erzählte sie davon, wie sie wochen-, monatelang versucht hatte, ihn zurückzugewinnen. Entschuldigungen, Versprechen. Immer wieder die Frage, was kann ich tun? Wie kann ich dir zeigen, dass ich mich ändern kann, dass ich es besser machen kann? Keine Reaktion.

»Wie lange ging das so?«

Sie zuckte mit den Schultern. »Zwei Jahre. Bis zum Schluss. Bis ich gegangen bin.«

Ich stellte mir ein Haus vor, den schönen, teuren Stadtteil rundherum, Nachbarn. Weiße Wände, elegante, teure Möbel, den kurzen Rasen hinter der Glastür. Zwei Erwachsene, die sich gemeinsam durch diese Räume bewegten, ohne ein Wort, Ilya dazwischen. Dori, in ihren schönen Kleidern, mit Haaren, die in einer perfekten Linie über ihre Schultern fielen, dem geschminkten, glatten Gesicht.

Ich drückte ihre Hand. Sie schien mir durchsichtig in dieser Vorstellung, substanzlos, als könnte ein Luftstoß sie davonheben.

»Du bist da raus, mit Ilya. Alles, was du jetzt machst, kann doch nur besser sein.«

Sie sah mich nicht an. »Ich hatte kaum was für sie dabei. Kaum etwas zu trinken, kein Essen.

Ich hab nicht mehr drauf geachtet, ob sie genug trinkt. Ich hab nicht überlegt, was das bedeutet, in der Hitze, mit dem Auto.«

»Schau«, sagte ich. »Es geht ihr doch gut.«

Auf den kühlen, blassrosa Plastikstühlen, Doris Beine neben meinen. In der Milchglasscheibe gegenüber unsere Reflexion, unsere Hände in ihrem Schoß. Ilya lag neben uns, kühl, versorgt, unter dem harten Laken.

Ich erzählte Dori aus meiner Kindheit, von den Zeiten, die nur als Ganzes chaotisch klangen, nach Armut und Instabilität, nicht in den Details. Ein Zelt aus Bettlaken im Schlafsaal einer Herberge. Ganze Torten, die wir nach Ladenschluss von einer Bäckerin umsonst bekamen. Äpfel und Pflaumen, die wir in einer Vorgartensiedlung von den Wegen sammelten, und meine Mutter, die aus allem ein Spiel machen konnte. Ich erzählte von ihr, als hätte es nur diese Phasen voller Energie gegeben, und ließ das andere weg.

Dori lächelte, irgendwann schwiegen wir. Grüne, saftige Pflanzen standen über die Gänge verteilt, zwischen den Stuhlinseln, den Betten. Warfen im Neonlicht senkrechte Schatten. Farne, Geigenfeigen, Benjaminis. Erst nach Stunden, als bereits drei Infusionsbeutel in Ilyas Körper gelaufen waren, bemerkte ich, dass auch sie aus Plastik waren.

Später erzählte sie mir, leise, von ihren Schlafproblemen, davon, wie sie nachts im Haus umhergegangen war und versucht hatte, alle Spuren des Tages zu beseitigen. Die Flächen, die Böden, das Müsli im Abfluss. Wie ihr Mann ihr Auto verkauft hatte, ohne ein weiteres Wort. Wie sie begonnen hatte, in den Nächten in seinem Wagen herumzufahren, weil es das Einzige war, was sie beruhigte. Durch das Viertel, über die Stadtautobahn, hinaus, hinaus.

»Ich bin immer irgendwann umgedreht. Ich hab Ilya nie mitgenommen. Ich hab die Jahre gezählt, hab mir immer gesagt, dass das eben mein Los ist, bis sie erwachsen ist. Besser als ohne sie zu sein, besser als wieder am Existenzminimum zu leben. Das ist ja alles Ilyas Kindheit, das wollte ich für sie. Den Garten, das schöne Viertel, das gehört ja alles dazu.«

Eine Ärztin kam, prüfte Ilyas Puls, nahm etwas Blut von einer Fingerspitze. Alles sah gut aus. Wir sollten sie schlafen lassen, die letzte Infusion abwarten. Dann könnten wir nach Hause gehen.

Als die Ärztin sich zum nächsten Bett wandte, sprach Dori weiter, als hätte es keine Unterbrechung gegeben. Die Geschichte ihrer Abreise. Die langsame Addition vieler Faktoren, Ilyas Frage, warum der Papa sie hören konnte, aber nicht Dori. Ihre Ratlosigkeit zwischen den Eltern, das

Schweigen, sein völliges Ignorieren, wenn Dori ihn ansprach, seine manipulativen Aussagen gegenüber dem Kind. Dann der Tod von Doris Mutter, das Aussortieren des vertrauten Haushalts, zwei Wochen mit Ilya in der leeren Wohnung, in ihrem alten Leben. Abende auf einem Klappstuhl, wieder und wieder die Gedichte Ada Lumins, kurze Gespräche mit der Nachbarin im Treppenhaus, das beklemmende Herunterzählen dieser Tage. Klarer und klarer das Gefühl, nicht zurückkehren zu können. Und dann, am Ende, war es nur ein kleiner Schritt, ein anderer Zug.

»Meine Mutter hat Alexander sehr gemocht. Er kann das. Jeden für sich gewinnen, wenn er es will. Dass er, jemand wie er, mich geheiratet hat, für sie war das eine Errungenschaft. Ich hätte ihr nicht sagen können, wie es nach ihrer Abreise bei uns war. Dass er nicht mehr mit mir sprach. Dass er ins Gästezimmer gezogen war, dass er mich nicht mehr ertrug, mich nicht mehr ansah, nicht mehr anfasste.«

Sie zuckte mit den Schultern, schwieg. Dann, nach dem überraschenden Tod der Mutter, musste sie deren Wohnung räumen, dieses gute Leben auflösen, all die Spuren davon. Der Aschenbecher, die Lippenstifte mit der seltsam schrägen Spitze, Nagellackfläschchen, Tablettenschachteln, die Fußabdrücke in den silbernen Hausschlappen. Die Ordnung, die Sauberkeit, die kleinen Details häuslicher Organisation. Die zahlreichen Plastikboxen, gefüllt mit Hunderten der kleinen Drahtstreifen, mit denen man Toastbeutel verschloss, mit Haarspangen, kleinen Zucker- oder Süßstofftütchen, die man zum Kaffee bekam. All diese Nutzlosigkeiten, die Dori aussortieren und wegwerfen musste.

»Ich hab alles in Müllsäcke gesteckt, alles, ihre Kleider, Schals, Bücher, Fotoalben, Kochlöffel, Messer, alles. Ich hab einen Entrümpler kommen lassen, und zwei Tage später war alles weg. Ich hab nur dabehalten, was Ilya und ich noch brauchten, die Matratze, den Fernseher, den Kühlschrank, die Waschmaschine, die Balkonmöbel. Jeden Abend hab ich Alexander eine Nachricht geschickt, dass ich noch mehr Zeit brauche, hab Gründe erfunden, warum sich alles verzögert. Dabei war die Wohnung längst leer. Zwei Wochen waren wir dort.« Dori erzählte, wie sie die Küche geputzt hatte, für die Nachmieter, und ihr dabei kleine rote Striche aufgefallen waren, überall. Im Kühlschrank, am Lichtschalter, an der Waschmaschine. Wie sie geschrubbt hatte, und nichts half, und irgendwann verstand sie, dass diese Markierungen von den lackierten Fingernägeln ihrer Mutter stammten, dass sie diese Striche ihr Leben lang dort hinterlassen hatte. All die Jahrzehnte in dieser

Wohnung, all diese mütterlichen Handgriffe, jede Milchpackung, die sie herausgenommen hatte, jedes Ei, jede Waschmaschinenladung. »Ich konnte nicht fassen, dass nur noch diese Spuren von ihr übrig waren.«

Sie erzählte, wie sie es danach plötzlich nicht mehr ertragen konnte, in der Wohnung zu bleiben. Wie sie Alexander geschrieben hatte, morgen kommen wir zurück. Und dann, der letzte Abend im Plastikstuhl, Ilya auf der Matratze. Der Fernseher war schon von jemandem abgeholt worden, der Koffer stand gepackt im Flur. Sie saß auf dem Stuhl am Fenster, und wieder diese Zeile: *Er isst mich auf, bis nichts mehr ist.* Und wie ihr plötzlich übel und heiß wurde und wie ihr Herz schlug und schlug, bis sie am ganzen Körper bebte und sie sich einredete, es sei ja nur noch, bis Ilya erwachsen ist, eine endliche Zeitspanne. Wie sie sich das Leben mit ihm als Perlenkette vorstellte, die sie langsam, Stück für Stück, abfädeln würde. Und am nächsten Tag, am Bahnhof, da stieg sie nicht in den Zug nach Berlin, da fuhr sie nach München und dann, von dort, nach Bad Heim.

10

Am frühen Morgen durften wir das Krankenhaus verlassen. Ich hatte an der Rezeption mit einer Dame gesprochen, hatte gebettelt und gebeten, Doris Situation mit dramatischen Worten beschrieben. Zu meiner Überraschung löschte sie unsere Daten aus dem System, winkte uns durch, ließ uns gehen, schaute nicht mehr von ihrem Bildschirm auf. Ich steckte zehn Euro in den Hintern eines Sparschweins mit der Aufschrift *Kaffeekasse*, und wir verließen das Gebäude.

Ilya ging es besser, sie hatte rote Wangen, hielt ein Stofftier auf dem Schoß, das Dori ihr im kleinen Kiosk des Krankenhauses gekauft hatte.

Wir parkten am Bahnhof, Dori wählte am Automaten ein Ticket nach Düsseldorf aus, zahlte mit ihrer Karte. Wir hatten es geschafft.

Es war etwas kühler, erträglich, die digitale Anzeige über dem Bahnsteig zeigte 32 Grad, Dienstag, der 19. Oktober, 07:12. Die Straße nach Bad Heim war nahezu leer.

Hinter dem weißen Rauch ging die Sonne auf, wir fuhren auf den Ort zu, fuhren in eine milchige Landschaft aus pinkfarbenem Licht.

Wir hörten Musik. Zum ersten Mal erlebte ich Dori gelöst, befreit. Sah Bewegungen, die sich Raum nahmen, hörte ihre Stimme, wenn sie sang.

Ihr Mann würde nichts von Ilyas Aufenthalt im Krankenhaus erfahren. Er würde nicht nach Bad Heim kommen. Sie war nicht länger allein, sie hatte noch Zeit.

Im Radio, Billy Idol.

a nice day for a white wedding

a nice day to start again

Dori sang und dann, zu mir: »Mit dir ist es so leicht!«, und dabei lachte sie, und im Licht glänzte ihr kürzerer Zahn. »Wir heiraten, und Ilya und ich, wir bleiben einfach bei dir.«

»Wir kaufen diese Pension am See«, sagte ich. »Und du spielst da am Theater.«

Und für den Moment schien es, als gäbe es diese Möglichkeit für uns.

Wir lachten, wir sangen, wir fuhren.

Eine Landschaft aus Licht.

I've been away for so long

I let you go for so long

It's a nice day to start again

Wir hielten am Großmarkt, schoben Ilya und ihr Kuscheltier im Einkaufswagen durch die langen, klimatisierten Gänge, deckten uns ein. Zurück im Hotel richteten wir im Speisesaal ein Lager ein. Auf Empfehlung der Ärztin hatten wir beschlossen, den kühlsten, größten Raum als gemeinsamen Schlafplatz zu nutzen, zumindest solange die extreme Hitze anhielt. Dori und ich zerrten Matratzen in den Saal und holten, was wir brauchten, aus unseren Zimmern. Schnell, so schnell wir konnten, durch den Rauch, die Hitze. Unsere Augen tränten sofort, trotz der Masken mussten wir husten.

Ilya lag auf ihrer Matratze, wir hatten ihr Kissen frisch bezogen, ihren Pyjama gewaschen. Sie war noch erschöpft, musste ruhen, viel trinken, leichte, salz- und zuckerhaltige Nahrung zu sich nehmen. Eine Weile saß ich bei ihr und erzählte die Geschichten von den Mädchen und dem kleinen sprechenden Hund weiter, erfand neue Abenteuer in einer Welt, die nicht brannte. Wir stellten den Timer auf meinem Handy und weckten sie alle zwei Stunden, gaben ihr kleine Löffelchen Brühe und kalten, gezuckerten Tee, etwas Reis, etwas Fisch, etwas Pudding.

Feuchte Laken auf einer Wäscheleine teilten den Raum in weiße, kühle Zelte, die Ventilatoren liefen, leise, der Fernseher. Aus den lokalen Nachrichten schien es, als würde der Bruch weiterhin als Auffanglinie bestehen bleiben, als drohte uns keine Evakuierung. Wir mussten nur abwarten, ausharren, bis endlich der Regen kam.

Draußen war alles weiß, grau, braun. Rauch, überall. Mein roter Ahorn war kaum zu erkennen, kaum mehr als eine vom Wind bewegte Form. Wir hielten die Fenster und die Gardinen geschlossen und verbrachten so den Tag. Der Speisesaal fühlte sich an wie der Grund eines tiefen Sees.

Im Fernsehen kamen Bilder von anderen Rettungszonen. Hunderte Menschen auf Klappliegen. Große silberne Klimaanlagen in Kellern und Turnhallen.

Wir tranken Eistee, gaben Ilya die Eiswürfel zu lutschen, die Füße in der Wasserwanne. Weder Dori noch ich hatten in der Nacht geschlafen. Wir waren erschöpft, von der anhaltenden Hitze, der Fahrt, der schlechten Luft. Wenn wir uns zu schnell bewegten, verschwand die Welt hinter schwarzen Flecken. Dori klagte über Kopfschmerzen, über Übelkeit. Ich brachte ihr Pfefferminzöl, kalte Umschläge, Wasser. Immer wieder sah ich, wie sie zusätzlich verschiedene ihrer Medikamente einnahm, Tropfen und Pillen, die sie in ihrem Kulturbeutel aufbewahrte. Wir nickten ein, wachten auf, warteten. Der Tag, das Leben, in Zweistundenfenstern.

Als Dori und Ilya schliefen, saß ich allein auf meiner Matratze vor dem Fernseher. Auf dem Bildschirm bewegten sich schwitzende Reporter mit schmutzigen Masken, grauen Armen. Wie eine Welle schlugen die Flammen durch den Wald, durch das, was davon übrig war. Schwarze, dürre Stämme. Immer wieder: das Klimacamp. In der rot glühenden Welt zerschmolzen die Zelte in Sekundenschnelle zu grotesken Formen, beugten sich, entflammten. Das lange Banner, das die 1,8-Grad-Grenze einforderte, schlug wie eine Zunge nach oben, aus dem Bild, bis es zerfiel. Ich fragte mich, wo sie jetzt waren, die Jugendlichen. Ich stellte mir ihre zurückgelassenen Habseligkeiten vor. Schlafsäcke, Konservendosen, Bambuszahnbürsten, eine Gitarre. Wie das, was das Feuer übrig ließ, irgendwann in der kalten Asche liegen würde, schwarz und zerstört.

Immer wieder gingen Nachrichten auf meinem Handy ein, unser Brand war wieder eine landesweite Schlagzeile geworden. Bekannte, von denen ich teilweise jahrelang nicht gehört hatte, erkundigten sich nach mir, nach dem Hotel, der Lage im Ort.

Am Nachmittag rief Paula an. Sie klang besorgt, ich stand zwischen den Laken und versuchte flüsternd, sie zu beruhigen. Sie wollte nach Bad Heim kommen, um ihre Mutter abzuholen. »Du musst auch da weg, Iris«, sagte sie, bevor wir uns verabschiedeten. »Du kannst immer herkommen, das weißt du.«

Nachdem wir aufgelegt hatten, setzte ich mir eine frische Maske auf und schob mich durch die Glastür in den Garten. Draußen stieg die Hitze sofort durch den Körper in den Kopf, dröhnte in den Ohren, brannte auf der Haut. Ich spürte den heißen Kies durch die Sohlen meiner Flipflops. Spürte, wie der Schaumstoff weich wurde, haften blieb, mit jedem Schritt. Ich rollte den Gartenschlauch aus, weich und heiß, und drehte das Wasser an. Ließ es lange ablaufen, bis es nur noch handwarm war, bis es kalt wurde. Dann zog ich den Schlauch über den Kies, in den Rauch, in Richtung des Teichs. Ich konnte die Augen kaum offen halten, dachte an meine hellblaue Schwimmbrille, daran, dass ich sie suchen musste. Ich ging in die Hocke. Im Teich war nur ein niedriger, heißer Wasserrest verblieben. Die Fische lagen reglos auf der schwarzen Plane, unter dem Rauch, schimmerten golden. Ihre Augen, hellblau und trüb. Einer der Körper war aufgeplatzt, das Innere quoll nach außen. Unscharf für meinen tränenden Blick. Erst aus dieser gebückten Perspektive sah ich die Vögel. Die Stare. Tote, weiche Körper auf dem heißen Kies. Fünfzehn, zwanzig, dreißig, schwer zu schätzen. Rund um den Teich.

Ich stellte mir den Garten gefüllt mit ihnen vor, bis zum Zaun, über die Wiese, zum Waldrand. Hunderte davon. Federn, die vom Wind bewegt wurden. Ich dachte daran, dass ich sie irgendwann würde aufsammeln müssen. Dachte an die blaue Mülltüte, an die kleinen Kadaver, die ich darin anhäufen, an die Schaufel, mit der ich sie aufheben würde. Ich nässte den Baum, richtete minutenlang den Wasserstrahl auf die Äste, den Stamm. Vielleicht würde er überleben.

Am frühen Abend kamen zwei Mädchen im Hotel an. Ich hörte ihre Stimmen durch das Labyrinth aus Stoffen, das unser Lager von der Rezeption trennte. Es dauerte, bis ich in meiner Schläfrigkeit neben den Geräuschen des Fernsehers und denen der Löschflugzeuge ihr »Hallo?«, ihr »Ist da jemand?« als das Rufen von Zufluchtsuchenden begriff.

Mein Blick ging zunächst zur Matratze, auf der Ilya und Dori zusammen schliefen, Doris Arm über Ilyas Brust, Ilyas Haar auf Doris Hand. Sie atmeten still, manchmal hustete Ilya im Schlaf. Ich stand auf, suchte den Weg zum Eingang. Dort warteten zwei junge Frauen, ich schätzte sie auf Anfang zwanzig, vielleicht jünger. Die eine war die, deren Interview ich im Fernsehen gesehen hatte. Ihre Augen waren rot und verquollen. Beide hatten kein Gepäck, trugen jeweils nur kleine Bauchtaschen quer über der Brust. Ich vermutete, mit ihren nötigsten Dokumenten, vielleicht mit etwas Bargeld. Das Mädchen mit den kurzen Haaren hielt eine leere Trinkflasche aus Glas in der Hand. Ich bemerkte ihre kurzen Nägel, die kleinen Tattoos. In ihren Gesichtern sah man die schmutzigen Druckstellen der Masken, die jetzt an ihren Oberarmen hingen. Ihre Kleider – Shorts, T-Shirts, Turnschuhe – waren fleckig und grau, genau wie ihre Arme und Beine. Alles an ihnen schien wie mit einem öligen Film überzogen, mit einer Mischung aus Schweiß, Ruß und Staub.

Als sie sprachen, überraschten mich ihre hellen Stimmen. Sie wirkten jünger als im Fernsehen. Schnell, höflich, eloquent. Fragten vorsichtig, ob es möglich wäre, dass sie für eine Nacht im Hotel blieben, bis ihre Eltern sie am nächsten Morgen abholen konnten. Wie viel ein Zimmer kosten würde. Sie hatten zusammen zwölf Euro. Ich winkte ab. Sie bedankten sich, fragten, ob sie sich irgendwo waschen konnten. Ich nahm die Schlüssel von der Rezeption, holte zwei neue Masken, zwei der dünnen, hoteleigenen Bademäntel und zwei kleine Päckchen mit Seife, Wattestäbchen, Zahnbürste und Zahnpasta. Wir setzten die Masken auf und schlüpften durch den Spalt der Terrassentür in die Hitze.

Das Holz der Veranda war warm, es knackte unter unseren Schritten. Ascheflocken sanken und stiegen mit dem warmen Wind wie tote Falter. Der Rauch schloss jetzt bis zur Hauswand auf. Wir tasteten uns mit kaum geöffneten Augen zur ersten Tür, alles war heiß unter meinem Griff. Die Mauer, die Klinke, die Tür. Ich spürte, wie die Farbe sich löste, wie sich alle Materialien der Hitze zu überlassen schienen. Ich schob die Mädchen in den Raum, schloss sofort die Tür, drückte eine zusammengerollte Decke vor den Spalt über dem Boden, aber auch so roch alles nach Rauch. Ich erklärte den Mädchen, dass wir unsere Matratzen in den Speisesaal gebracht hatten, dass wir später auch für sie dort ein Nachtlager einrichten würden. Dass es im Anbau, in dem sich die Zimmer befanden, zu gefährlich war. Ich instruierte sie, wie lang sie jeweils duschen konnten, ließ ihnen meine Armbanduhr da.

Zurück im Haupthaus richtete ich beiden ein leichtes Essen. Vermutlich würden sie kein Fleisch essen, wahrscheinlich generell keine tierischen Produkte. Mir fiel ein, dass die Mädchen die Wegwerfprodukte, die ich ihnen gegeben hatte, womöglich problematisch fanden, aber sie hatten in keiner Weise ablehnend reagiert.

Als sie zurückkamen, trugen sie die Bademäntel. Ich nahm ihre Kleider und brachte sie in den Hauswirtschaftsraum, der hinter der Küche lag. Wegen der Wasserregulierung konnte ich die Waschmaschine nicht mehr benutzen, aber ich legte die schmutzigen Kleider mit etwas Wasser in das Waschbecken, gab Waschmittel dazu, knetete Schaum durch die Stoffe, bis das Wasser trüb und braun war. Die ausgewaschenen Kleider wrang ich aus und hängte sie im Speisesaal über die Leinen, zwischen die kühlenden Laken.

Sauber sahen die Mädchen noch jünger aus. Keine Linien in ihren Gesichtern, keine Härte. Ich brachte ihnen Eistee und Tomatensalat, Brot, kalte Suppe.

Aus Ilyas und Doris Lager drangen leise die Fernsehberichte aus dem Wald. Ich hoffte, dass beide, vor allem Dori, weiterschlafen und etwas zu Kräften kommen konnten.

»Magst du dich zu uns setzen?« Die Mädchen lächelten mich an, wiesen auf einen leeren Stuhl an ihrem Tisch. Mir war diese jugendliche Solidarität fremd, das Du, die Vorsicht in ihrem Umgang miteinander, die Offenheit, in der sie ihre Aufmerksamkeit sofort uneingeschränkt mit mir teilten. Etwas sehr Sanftes, Rücksichtsvolles ging von den beiden aus, ein ernsthaftes Interesse.

»Einen schönen Safespace habt ihr hier«, sagte

die Braunhaarige, die sich als Cleo vorgestellt hatte.

»Krass, wie lang wir nicht an einem Tisch gesessen haben, oder?«, bemerkte die andere, Lou. Beide lachten. Sie hatten das Camp in der vorhergehenden Nacht räumen müssen.

»Das tut mir leid für euch, dass ihr das alles zurücklassen musstet. Ich hab eure Zelte im Fernsehen gesehen.«

Es schien in den beiden keinen Schmerz zu geben. Die Tatsache, dass die Brände das Camp früher oder später einholen würden, war von Anbeginn klar gewesen.

»Ich hab eure Arbeit den Sommer über verfolgt, eure Banner, die Parolen, den Protest.«

Sie lachten darüber. »Es muss hart sein, hier zu leben. Wir verlagern unsere Arbeit ja nur punktuell an solche prekären Orte.« Sie hoben die Schultern, im Blick etwas wie Mitgefühl mit mir, mit den Menschen, die an Bad Heim, den Wald gebunden waren. Sie erzählten von ihrer aktivistischen Arbeit, davon, dass es dazugehörte, in die Brandzone zurückzukehren, sobald es möglich war, um die Hinterlassenschaften des Camps zu entfernen.

»Hier ist das ja besonders tragisch«, sagte die eine. »Dass hier das Ökosystem so gekippt ist.«

Ich fragte, was sie meinten. Sie sprachen von

ökologischer Dynamik, von den Gründen, warum sich der Bad Heimer Wald nicht verjüngen würde, warum die Gegend dem Feuer nichts mehr zu erwidern hatte.

»Darum sind wir ja hier«, sagte die andere. »Weil das hier ja fast schon plakativ ist. Ist ja nicht lang her, dass das hier noch so ein Holiday Spot war, und zwanzig Jahre später ist das alles tot. Das eignet sich gut als Backdrop für uns, so schlimm sich das anhört. Wenn die Leute das im Fernsehen sehen, mit unserer Message, dann verknüpft sich da vielleicht was. Wie dringlich das alles ist, inzwischen.«

»Inzwischen.« Sie lachten. »Es ist ja schon zu spät, eigentlich.«

Es war bereits Abend, als Dori sich zu uns gesellte. Sie sah schläfrig aus, verwundert über die Besucherinnen, vielleicht auch etwas benommen von ihren Medikamenten. Sie brauchte mehrere Versuche, bis ihre Zigarette brannte, setzte sich dann zu uns und verfolgte das Gespräch, vorerst ohne sich zu beteiligen. Ich ging, um auch ihr etwas zu essen zu holen.

Als ich zurückkam, hörte sie den Mädchen interessiert zu. Es war eine neue Seite an ihr, die ich bisher nicht gesehen hatte. Ich war überrascht, wie viel sie über die Arbeit der Aktivistinnen wusste, wie kritisch ihr Blick auf die Lage in Bad Heim war. Ich erinnerte mich an ihre Frage, wo ich vorhatte zu leben, wenn das Hotel nicht mehr bewohnbar war.

Alle drei waren in das Gespräch involviert, bezogen mich jedoch sofort mit ein, als ich mich setzte.

»Cleo hat gerade erklärt, dass es in unserer Bewegung, auch wenn man da komplett auf einer ideologischen Linie ist, dass es da trotzdem auch immer ein gewisses Konfliktpotenzial gibt. Oder, hab ich das so richtig gesagt?«

Nicken, Lachen.

»Nicht zwischen uns natürlich.«

»What, never!«

Hände auf Händen, Schultern, die sich berührten, weiße, gerade Zähne. Zu uns: »Es gibt halt immer irgendwelche Leute, die das mehr so als Abenteuer sehen, die einfach Bock auf Drama haben, und das ist auch völlig in Ordnung, wir brauchen ja auch einfach eine gewisse Präsenz, da gibt es schon eine Funktion für alle, aber es ist schwierig, wenn man sich dann nicht hundert Prozent auf die Leute verlassen kann, oder?«

»Ja, voll. Dazu ist auch das Setting einfach zu risky.«

Ich spürte eine Differenz zwischen diesen Frauen und mir, die ich schwer greifen konnte. Ich kannte manche der Referenzen aus dem Netz, aber ich hatte mich noch nie auf diese Art unterhalten. Ihre Sprechgewohnheiten, die englischen Begriffe, die sie benutzten, um ihre Aussagen zu präzisieren, wie es im Deutschen allein nicht möglich schien. Die Weise, in der sie die maskuline und feminine Form zusammen aussprachen, Bürger:innen, Aktivist:innen, Politiker:innen. Ich merkte, dass mein eigenes Sprechen mir veraltet vorkam, dass meine Passivität, mein Ausharren im Hotel etwas war, das ich erklären musste.

»Du bist vielleicht zu nah dran«, sagte Lou zu mir. »Wir beobachten das oft, dass die Leute vor Ort gar nicht so klar sehen, was es zu tun gibt, was in ihrer Gegend passiert.« Cleo nickte dazu. Obwohl Dori und mich kaum mehr als zehn, fünfzehn Jahre von den beiden trennen konnten, fühlte ich mich sehr alt neben ihnen, alt und unbeweglich.

»Es ist natürlich ein Unding, dass gesellschaftliche Individuen diese Rolle übernehmen müssen, aber existierende Strukturen lassen sich ja eigentlich immer nur durch soziale Breite dekonstruieren.«

Soziale Breite, das bedeutete jeder, jede. Solidarität. Verantwortung. Es gab konkrete Pläne, etwas zu tun, etwas zu verändern. Je länger ich den beiden zuhörte, sie meine Fragen beantworteten, desto deutlicher wurde neben meiner Scham die

Vorstellung, dass nichts entschieden war. Dass von diesen Mädchen, von ihren Mitstreitern, eine Bewegung ausging, die mehr umfasste als die Situation in unserem Wald. Geschlechterverständnisse, Konsum, Selbstverantwortung, Sexualität, soziale Strukturen. Die beiden betrachteten diese Themen wie selbstverständlich aus einem Blickwinkel, den ich bisher nicht in Betracht gezogen hatte. Alles schien fluid, alles schien von ihnen aufgebrochen worden zu sein, mit dem Ehrgeiz, es neu zusammenzusetzen, passend zu machen, auszurichten auf eine veränderte, bessere Zukunft. Ich beobachtete die Art, in der Cleo und Lou sich ansahen, fragte mich, was deren Beziehung war.

Dori stand kurz auf, um nach Ilya zu sehen. Als sie zurückkam, hatte sie ihre Haare hochgebunden, ihre Wangen waren gerötet, sie rauchte, lachte, stützte sich auf die Tischplatte, den beiden entgegen.

»Du hast eine Tochter?«, fragte Cleo. Beide lächelten Dori an.

Sie zog an ihrer Zigarette. Nickte.

»Das ist doch einfach eine so krasse Verantwortung, oder?«

Ich erinnerte mich daran, wie wir über den Fotos gesessen hatten, wie sie zum ersten Mal zu mir über ihre Mutterrolle gesprochen hatte. Sie sah anders aus, jetzt. Entspannter. Offener.

»Wie handhabst du das? Grade jetzt ein Kind großzuziehen?« Es gab kein Urteil in diesen Fragen, nur den Wunsch, neue Gedanken zu hören.

»Das Ding mit einem Kind ist, dass man ständig nur reagieren kann. Man ist immer einen Schritt hintendran. Egal, wie viel Gutes man sich vornimmt, man kann es nicht schaffen.« Dori machte eine Pause. »*Ich* schaffe es nicht. Ich versuche einfach nur, nicht zu viele Fehler zu machen, I guess.«

Ich dachte an den Sprung. An ihre zitternden Hände im Auto. Ich sah sie an. Da gab es keine Anspannung diesmal, ihr Gesicht war weich. Sie lachte wieder.

»Ich würde kein Kind mehr bekommen, wenn ich gewusst hätte, was das bedeutet.«

Ich fühlte den Impuls, das Gespräch in eine andere Richtung zu lenken, aber die Mädchen sahen Dori neugierig an.

»Das finde ich total spannend. Das ist ja irgendwie so ein Tabu und so ein krasses soziales Konstrukt, Mutterliebe.«

Dori nickte. »Man kann sich das nicht so richtig vorstellen, bevor man ein Kind hat. Es ist einfach ein Grad an Unfreiheit, den ich nicht erwartet hatte. Diese Abhängigkeit, davon, dass es einem anderen Menschen gut geht.« Nach einer Pause fügte sie hinzu: »Es kann einem viel abverlangen.«

Sie lächelte dünn. Zog an ihrer Zigarette.

»Glaubst du dann, dass Elternschaft nur für Leute funktioniert, die das eh freiwillig auf eine bestimmte Art leben? Für die dieses Setting erst mal nicht so ein direkter Verzicht ist?«

Dori hob die Schultern. In diesem Moment klopfte es an der Eingangstür. Ich stand auf. Hinter der Scheibe sah ich Babys großen Körper in der Dunkelheit. Ich sperrte ihr auf. Wie immer schwitzte sie, trug eine offene Flasche Tequila in der Hand, als wäre es ein Kaffeebecher. Sie drängte an mir vorbei, klopfte mir dabei freundschaftlich auf die Schulter.

»Was ist los bei euch Mädchen?«

Sie sah die kleine Runde und bewegte sich zielstrebig auf den Tisch zu, brüllte dabei Aussagen über die Schönheit der Jugend. »Da sind sie ja alle schon versammelt.« Sie ließ sich schwer auf meinen Stuhl fallen. Zu meiner Überraschung grüßten Cleo und Lou sie als alte Bekannte, riefen sie beim Namen, griffen nach ihrer freien Hand, strahlten sie an. »Was machst du hier?« Als ich fragte, woher die drei sich kannten: »Alle kennen doch Baby! Sie hat uns so supportet im Wald.«

Baby winkte ab, gähnte. Goldzahn, Essensreste. »Bevor ich's den Katzen gebe.« Sie stellte den Schnaps ab, streckte einen ihrer nackten, weichen Arme in die Luft und fuhr mit der anderen Hand fest über ihre Achselhöhle, durch die lange, nasse Behaarung. »Gebracht hats ja nicht viel, euer Camping da.« Baby lehnte sich zurück, fächerte sich Luft zu. »Eine Hitze. Das ist der Weltuntergang. So gehts zu Ende mit uns.«

Sie wandte sich an mich, verlangte nach Gläsern. Ich ging zum Wandschrank, nahm ein Tablett, stellte fünf Schnapsgläser darauf. Ich holte Nüsse aus der Küche, ein Glas Oliven, Salz, Zitronen, ein Messer, Spielkarten von der Rezeption.

Aus dem Halbdunkel sah ich in die Flucht des Speisesaals. Wie verändert alles war. Die dunkelgrünen Vorhänge, die die Seitenwände komplett abdeckten. Die Schnüre, die in Schrägen den Raum durchzogen, die weißen Laken darüber. Leicht bewegt vom Luftzug der alten Deckenventilatoren. Die einzelnen Lichtquellen, Inseln im Dämmerlicht. Das Flackern des Fernsehers an der Decke ganz hinten, die Lampe, die die Frauen beleuchtete. Die vier Körper, einander zugewandt, im Rauch, die vier Stimmen, hell, dunkel, weich. Baby in ihrer ärmellosen Bluse, im langen Faltenrock, die den Bund ihrer Unterhose schnippen ließ, sich über den nassen Bauch strich. Draußen die Sirenen, die Löschflotte, die Hitze.

Gesprächsfetzen. Dori, die von Ada Lumins Buch sprach, von ihrer Situation. Cleo und Lou, die ihr aufmerksam zuhörten, Cleos Hand auf Doris Hand. Baby, die immer bereit war, sich in die Wirrungen fremder Leben zu stürzen, die auf den großen Höhepunkt der Geschichte aus war. Die sich kaum beherrschen konnte darüber, wie Alexander Vargas Dori begegnet war, nachdem ihre Mutter abgereist war. Sie schlug sich auf die Schenkel, bestens unterhalten von seiner Dreistigkeit. Zusätzlich brüllte sie gnadenlos und ungefragt ihre Empfehlungen. »Weg mit dem« oder »Nicht so viel lesen, Mädchen, gar nicht immer so viel denken«.

Mein Blick fiel auf Dori, die noch etwas daraufsetzte, indem sie lachend erzählte, wie er schon früh darauf aus gewesen war, sie zu erniedrigen. Dass er einmal, als sie von einem Magazin für eine Fotoreihe angefragt worden war, gesagt hatte, es spreche für ihre Arbeit, wenn sie auch mit Fotos Geld verdienen konnte, wo sie doch auf einer Skala von eins bis zehn, rein objektiv betrachtet, an gängigen Schönheitsstandards gemessen, nur eine Sieben war.

»Du? Eine Sieben?« Baby war begeistert.

»Wegen meiner Kopfform«, präzisierte Dori.

»Was ist er denn selbst?«, fragte Lou. Dori lachte und lachte, konnte kaum ihre Antwort formulieren. »Er und sein Bruder, er und sein Bruder sind eine Neun. Objektiv betrachtet.«

Als ich zum Tisch zurückkehrte, bat Baby mich, die Vorhänge zu öffnen. Das Thema gab für sie nichts mehr her, die Lage war klar. Dori war fortgegangen, was der einzig richtige, lang überfällige Schritt gewesen war. Wir hatten die Details bekommen, hatten gelacht, und Baby wollte sich wieder anderem widmen.

»Man sieht ja gar nichts. Ich wills schon sehen, wenn man das schon mal erlebt. Inferno! Ein Inferno, ich sags euch!«

Cleo stand auf und öffnete die Gardinen. Die Dunkelheit leuchtete rot, dazwischen Lichtpunkte. Eine entfernte, rote Wand, die sich in weißen und schwarzen Schwaden bewegte. Es zog uns an. Wir standen zusammen an der Terrassentür, an den Fenstern. Schweigend. Babys lauter Atem. Ihr rotes Profil, ihre großen, alten Zähne. Mehr Erregung als Erschrecken.

Dori. Ihre kalte Hand neben meiner.

Irgendwann reichte es Baby, und sie rief uns zurück zum Tisch, schenkte Tequila in die Gläser, säbelte Zitronenschnitze, verteilte alles wie eine motivierte Lehrerin. Dann hob sie ihr Glas. Salz, Tequila, Zitrone. Baby schenkte nach, das Gleiche noch mal. Sie hustete, ihr schwarzer Rachen. Eine dünne Spur Zitronensaft lief an ihrem Kinn entlang. Sie sank zurück auf ihren Stuhl, seufzte zufrieden und mischte die Karten. Ich spürte den

Alkohol sofort. Hitze, leichter Schwindel, Salz, Zitrone.

Vor den roten Fenstern spielten wir Canasta. Dori war komplett konzentriert, warf die Karten schnell auf den Tisch, ärgerte sich, wenn eine Entwicklung nicht ihrer Hoffnung entsprach. Als sie vier Mal gewonnen hatte, war sie sehr zufrieden. Sie schenkte allen nach, und wir tranken.

Cleo fragte, ob es möglich wäre, Musik anzumachen. Wir bräuchten einen Soundtrack. Ich merkte, dass wir laut waren. Dori stand auf und schlich sich in den hinteren Bereich des Speisesaals, um nach Ilya zu schauen. Ich konnte sehen, dass sie wankte. Sie suchte sich durch die Laken, fand kaum den Spalt zwischen den Stoffen. Ich hörte sie leise lachen und ging ihr nach. »Dori, ist alles in Ordnung?«

»Ich finde nur den Weg zu meinem Kind nicht mehr.« Und sie lachte, lachte. Ich zeigte ihr den Spalt, den nächsten, den nächsten. Ein Irrweg durch die getrocknete Bettwäsche. Ihr weiches Gesicht zwischen den Laken, zwischen Ilya und den anderen. Von der einen Seite, leise, die ernsten Stimmen aus dem Fernseher, die Sirenen, von der anderen Baby und die Mädchen, laut, ausgelassen. Wir hörten Baby, die von einer spezifischen sexuellen Erfahrung berichtete. Wir sahen uns an und lächelten, waren allein. Um uns die Löscharbeiten, der Brand, die anderen, Ilya. Aber wo wir standen, war es still.

»Mir geht es so gut hier«, sagte Dori, plötzlich sehr nah. Ihr Gesicht, ihre Wangen. Die blonden Haare, feucht in ihrem Nacken.

Ich fühlte den Luftzug der Ventilatoren, die weißen Laken, dic sich um uns bewegten. Es war, als wären wir an einem fremden Ort, nicht im Speisesaal, nicht im Hotel. Ich dachte an den Wald. An die kleine, leuchtende Kuppel, an die Pension am See.

Dori ging einen Schritt auf mich zu, verlor beinahe das Gleichgewicht, lachte. Ihr kleiner weißer Zahn. Ich konnte sie riechen. Den Rauch, Seife, Tequila.

»Kannst du mich festhalten?«

Ich hielt sie fest. Ihr Körper war härter, als ich es erwartet hatte. Unter ihrer Haut waren die Schultern und Oberarme fest. Man spürte, dass sie eine physische Ausbildung erfahren hatte, Körperbeherrschung, Kraft hatte. Sie schmiegte sich nicht in meine Bewegung, sie stand mir gegenüber, fest und nah. Es war nicht möglich, ihren Körper in unsere Umarmung hineinzubewegen. Sie legte ihren Kopf an meinen Hals. Ich fuhr mit den Händen über ihre Arme, vorsichtig über ihr Haar, ihre Schultern, spürte ihren Atem. Langsam, langsam wurde ihre Haltung weicher. Langsam,

langsam, fühlte es sich an, als würde sie mir entgegenkommen.

Sie legte die Arme um mich, erst, als müsste sie einfach Halt finden. Dann war es wirklich ich, mein Körper, den sie festhielt. Näher. Ihre Wange an meinem Hals. Ich drehte meinen Kopf, meine Lippen an ihrem Haar, an ihrer Stirn.

Als sich auf Ilyas Seite des Vorhangs etwas zu regen schien, ließen wir uns los.

Sie lächelte mich an. Grüngraue Augen. Eine leichte Rötung im Weiß. Der Abdruck meines Kragens auf ihrem Gesicht. »Geh nicht weg«, sagte sie, und ich nickte.

Sie ging zu Ilya, ich blieb. Hinter dem Vorhang hörte ich ihre Stimme. »Alles gut. Alles ist gut, Ilya. Schlaf, ich komm auch bald.« Eine Pause. Dann, leiser: »Schlaf. Schlaf. Wir sitzen nur noch etwas zusammen, ich bin im gleichen Zimmer, nur da hinter den Tüchern, okay?«

Ich stand zwischen den Laken, spürte sie noch. Dachte mir ihren gebeugten Rücken, ihre Hand in Ilyas Haar. Ihre Haut, grau, weiß, pink, im Lichtspiel des Fernsehers. Ihre Lippen auf Ilyas Stirn. Es war Jahre her, dass ich einen anderen Körper berührt hatte. Dass ich etwas gefühlt hatte. Und zugleich, was war das für sie, was konnte das sein?

Wir gingen zusammen zurück zu den anderen.

Dori schien nüchterner, ruhiger. Ein Blick, ein Lächeln, ihre Hand auf meiner Schulter, bevor wir aus den Laken heraustraten. Etwas war da. Etwas, zwischen uns.

11

Baby und die Mädchen hatten derweil entschieden, in die Privatwohnung umzusiedeln. Baby versprach dort Musik, Schallplatten, Kleider für Cleo und Lou, die ja noch immer die Hotelbademäntel trugen. Ich fühlte mich unwohl damit, bemerkte, dass auch Dori nicht sicher schien, ob sie Ilya in der gegebenen Situation allein im Speisesaal lassen sollte.

»So jung kommen wir nicht mehr zusammen!« Baby hatte die Tequilaflasche unter ihren Arm geklemmt, stützte sich auf die Tischplatte. Die beiden anderen reagierten sofort auf unsere Zurückhaltung, boten an, im Haupthaus zu bleiben, langsam ihr eigenes Schlaflager herzurichten. Schließlich war es Dori, die die Situation drehte, die darauf drängte, den Abend auszudehnen. »Ilya schläft schon wieder, und wir sind ja nur nebenan.«

Wir setzten unsere Masken auf und schoben

uns, eine nach der anderen, in den Garten. Die Hitze stand wie eine Wand vor uns. Wir hielten uns an den Händen, ich ging vorneweg, dann Dori, Cleo, Lou, Baby. Aus dem Rauch fiel Glut wie Regen auf den Kies, blieb dort liegen. Leuchtende Punkte neben leuchtenden Punkten. Die Hauswand in meinem Rücken war warm. Ich dachte an die Bausubstanz. An den Putz, daran, was es kosten würde, die Fassade reinigen zu lassen. Die Fenster. Ich hatte Bilder von Brandorten gesehen, in denen alle Scheiben aus den Rahmen geplatzt waren. Ich listete gedanklich auf, was ich noch vor dem Winter instand setzen musste und was bis zum Frühjahr warten konnte. Überlegte, welche Möglichkeiten es gab, das Hotel zukünftig besser zu schützen. Selbst wenn der Brand nicht über den Bruch kam, war es deutlich, dass mein Besitz den Bedingungen auf diese Weise nicht ewig standhalten würde. Im Rauch, dort, wo hinter der Wiese der Wald beginnen musste, stachen in schnellem Wechsel vereinzelte Flammenbänder in den Himmel. Zuckten nach oben, verschwanden. Dort, dann dort, dann wieder dort. Näher als bisher. Im Rauch, im Licht, stand der Ahorn, schwarz, einzeln.

In meiner Wohnung war es heiß, und die Geräusche von draußen waren lauter als zuvor im Speisesaal. Die Mauern waren dünner, das flache Dach hielt die Hitze kaum ab. Wir hörten die Rufe der Helfer, die der Wind vom Wald zum Hotel trug.

Nichts hier war für Gäste ausgelegt. Es gab keinen Tisch, keine Sitzgelegenheit, abgesehen vom Bett. Baby ergriff sofort die Initiative. Sie holte mit Cleo einen Klapptisch aus dem Nebenraum, Hocker, Plastikstühle. Lou gab sie den Auftrag, einen kleinen Plattenspieler anzuschließen. Währenddessen brachte ich Dori eine Flasche Wasser. Ich sorgte mich um sie, sie wirkte betrunkener als wir anderen, müder. Ich vermutete, dass es an ihren Medikamenten lag, dass diese mit Alkohol eine ungute Mischung waren. Wenn sie sprach, schwammen die Worte ineinander, Sätze wechselten plötzlich die Richtung, verloren sich in Gelächter, Beobachtungen, Gedanken. Lou und Cleo folgten Babys Anweisungen, als hätten sie diese inzwischen als Gastgeberin akzeptiert. Mir war es recht. Baby gehörte zum Hotel, sie kannte die Räume länger als ich selbst. Sie gab den Mädchen Kleidungsstücke, die ausnahmslos von meiner Tante stammten, was sicher kein Zufall war. Nur die Schallplatten kamen von meiner Mutter. Madonna, Stevie Nicks, Dolly Parton, Blondie.

Baby saß mit ihrer Flasche und einem Fächer auf einem Klappstuhl, der ihren Körper kaum fassen konnte. Cleo und Lou, die sich eng miteinander durch den Raum bewegten, Stirn an Stirn, im altmodischen Licht der Deckenlampe. Dori und ich auf meinem Bett. Ich, an die Wand gelehnt, ihr Kopf auf meinem Schoß. Meine Hand auf ihrem Arm, in ihrem Haar.

Patti Smith. Bonnie Tyler.

Die Mädchen und Baby am Tisch. Baby, die den beiden von ihrer Praxis berichtete, in alltäglichen Situationen ihren Beckenboden zu trainieren, anzuspannen und zu lösen, wann immer sich die Gelegenheit ergab. Ihre Hände, die sich auf Höhe ihres Bauchs zu Fäusten ballten und öffneten, um das Gesagte zu illustrieren. »Ich spanne alles an, dann halten, halten, und lösen mit dem Ausatmen.« Sie animierte die Mädchen dazu, mitzumachen, versprach, dass sie es ihr danken werden, dass Liebhaber, folgende Generationen es ihr danken werden.

Dori, die leise, zeitversetzt, sang. Dori, die lachte. Die Augen geschlossen.

Baby, die erklärte, warum jeder sie Baby nannte, obwohl sie doch Mariette hieß. Ein Vertrag für Windelwerbung, den der Vater für sie abgeschlossen hatte, als sie ein Jahr alt gewesen war. »Plakatierung und Print! Das bieten die nicht jedem an.«

Dori, die ihre Zigarette vergaß. Asche auf meinem Laken, auf ihrer Haut. Ich fühlte, wie ihr Körper weich und schwer wurde. Ich nahm die Zigarette aus ihren Fingern, rauchte sie fertig, hob ihren Kopf von meinem Schoß. Ihr nasses, warmes Haar zwischen meinen Fingern. Ich legte mich neben sie, spürte ihren Rücken an meiner Brust, ihre Atemzüge unter meiner Hand. Irgendwann löschte irgendwer das Licht. Flüstern, die Tür, Rauch, Geräusche, Rauch, Stille. Dori und ich und draußen das Feuer.

Ich erwachte, weil mich jemand vorsichtig an der Schulter fasste. Im Halbdunkel erkannte ich Baby, die sich über mich beugte: »Lass sie schlafen.«

Ich stand auf, alles klebte an mir. Ich war benommen, Kopf und Hals schmerzten, ich hatte Durst. Auch Dori war nass geschwitzt, aber sie lag komplett still. Atmete tief und ruhig. Ich folgte Baby ins Badezimmer. Dort, im matten Licht: »Das Mädchen ist weg.«

Ich dachte orientierungslos an eine der beiden Aktivistinnen, an Cleo oder Lou. Wollte mich wieder hinlegen, zurück zu Dori, zuckte mit den Schultern. »Vielleicht kann sie nicht schlafen. Sie wird schon irgendwo sein.«

Babys Gesicht, aus dem jede Ironie verschwunden war. Das war es, was mich alarmierte. Sie schüttelte den Kopf, ernsthaft und fest, wie nach dem Tod meiner Mutter, der Tante, des Großvaters. »Iris, wir waren überall. Sie ist nicht mehr im Hotel.«

Langsam verstand ich, dass es um Ilya ging. Ich wollte Dori wecken, aber Baby hielt mich fest. »Was soll sie machen? Lass sie schlafen, wenn wir Glück haben, dann bringen wir ihr das Kind zurück, bevor sie es merkt.«

»Sie kann nicht allein hierbleiben«, sagte ich, »es ist zu unsicher«, aber Baby nahm mich am Arm. Es war überall unsicher.

Sie gab mir eine Maske, führte mich nach draußen, durch den Garten, schob mich an der Mauer entlang, durch den heißen Rauch, in den Speisesaal, schloss die Tür. Alles war erleuchtet. Die Laken, die wir aufgehängt hatten, waren heruntergenommen, legten weiche, weiße Falten, Täler und Anhöhen auf den Steinboden. Die Matratzen vor dem Fernseher waren leer.

Baby, neben mir. »Die Terrassentür war offen, als wir zurück sind.«

»Seit wann ist sie schon weg?« Ich hatte kein Zeitverständnis, wusste nicht, wie lang ich geschlafen hatte. Ilya am Bruch, Ilya auf der brennenden Wiese, Ilya allein, verloren im Rauch. »Sie stirbt doch da draußen.«

Ich lief durch die Eingangshalle, in die Küche. Baby immer hinter mir.

»Wieso habt ihr mich nicht sofort geholt?« Ich schob ihre Hand von meinem Arm.

»Die Mädchen sind draußen. Alle wissen Bescheid. Ich hab die Freiwilligen mobilisiert. Es sind überall Leute, Iris. Alle suchen nach ihr, der ganze Ort. Wir finden sie.«

Ich dachte an Doris leise Stimme, die Ilya versprach, dass wir im selben Raum waren. Sah Ilya, wie sie aufwachte, uns suchte, ihre kleine Gestalt, die zwischen den Laken verschwand.

12

Der Gartenzaun hing in weichen Spulen zwischen den Stangen. Das Feuer war über den Bruch gekommen. Rauch. Überall Rauch. Die Wiese, das trockene Gras. Menschen in Masken schlugen mit Zweigen auf die Flammen, die unberechenbar aus der Erde zu kommen schienen. Lichtinseln, weiß in der roten Nacht, schwarze Figuren. Überall Rufe. Ilya. Ilya.

Baby war im Hotel geblieben, am Telefon. Sie organisierte die Suche, wusste, wo jeder war, hielt Kontakt. Ich irrte in meinen Flipflops über die Wiese, die jetzt ein Gemenge war aus toten Vögeln, Glutnestern, toten Katzen. Ich erwartete Ilyas Körper dazwischen, eine helle, in sich gekrümmte Form, kaum größer als die Tiere. Hinter mir der Ort, das Hotel, Dori in meinem Bett. Ich betete, dass sie schlief, betete, dass wir Ilya unversehrt zu ihr zurückbringen konnten. In Fetzen die

Durchsagen der Polizei, der endlos wiederholte Aufruf zur Evakuierung, immer wieder die Bitte, sich an den ausgewiesenen Sammelpunkten einzufinden. Die Wiese war voller Menschen. Im Rauch erkannte ich die vertrauten Bad Heimer Gesichter. Die Gemüsehändlerin, den Apotheker, Paulas Mutter. Nur grau, grau und über den Masken rot geschwollene Augen hinter Schutzbrillen. Alle wussten Bescheid, aber niemand trug sie im Arm, niemand hatte sie gesehen.

Dann fand der Paketbote, nah beim Zaun, ein einzelnes Lederschläppchen, und irgendwo hier draußen musste sie sein, Ilya, in nur mehr einem Schuh, in ihrem Pyjama, weinend, allein. Auf der Suche. Wie weit konnte sie gekommen sein, ohne Maske, ohne Wasser?

Ich arbeitete mich sinnlos auf den Waldrand zu, auf den Bruch. Ich erkannte nichts wieder, sah kaum einen halben Meter weit. Ich dachte, dass sie dort sein musste, am warmen Wasser, falls es noch welches gab, auf der Suche nach Dori. Ich stellte sie mir vor, Ilya mit dem Stock, Ilya mit der Sonne auf der Brust, als würde der Wald, unser Wald, diese Seite des Waldes, nicht längst brennen. Meine Haut, mein Haar, meine Kehle, wie wund von der Hitze, vom Rauch. Überall, so schien es, nur Hitze und Rauch.

Ich weiß nicht, wer, aber mehrere Menschen

zwangen mich irgendwann zurück. Ich erinnere mich kaum. Nur noch an diese Versuche, mich zu entwinden, an Arme, denen ich nicht gewachsen war. An mein Brüllen unter der Maske, an Tränen, an das Gefühl, als wäre alles trocken, verklebt. Arme, die mich mehr zerrten als trugen, zurück, zurück, in dieser nicht mehr wiederzuerkennenden Welt hinter meinem Garten. Und für mich war Ilya im Wald, Ilya der Fuchs, den ich erschlagen hatte, Ilya die toten Vögel, die toten Fische, die toten Katzen.

Bis ich sie wieder sah. Ilya. Schlafend. Das matte Haar, das kleine Gesicht, auf Babys Brust. Babys Hände, die den kleinen Körper hielten. Babys Kinn, Babys Arme. Ihr Raunen, ihr dunkles Singen, das kleine, goldene Kreuz an ihrer Kette neben dem kleinen, blassen Gesicht. Dazwischen, irgendwo in den Falten aus Haut und Stoff, das graue Kätzchen.

Der ganze verbliebene Ort fand in dieser Nacht den Weg in das Hotel. Ich weiß nicht, wie viele Menschen. Ich trug nach und nach auf, was meine Vorräte hergaben, lag in Armen, spürte Hände auf meinem Rücken, Hände, die mich auf Stühle drückten, und dazwischen Baby mit dem Kind, eine riesige Madonna, die nur Leib war und Stille.

Es hatte noch nicht aufgehört zu brennen. Die, die sich verabschiedeten, zog es endlich zu den Sammelpunkten. Auch Cleo und Lou. Sie trugen die Kleider meiner Tante, ihre eigenen in Plastiktüten. Sauber, trocken, gefaltet. Sie umarmten mich und brachen auf. Lous Eltern waren auf dem Weg, sie würden die beiden in einer der Notunterkünfte abholen.

»Wir kommen zurück.« Ihre Arbeit war noch nicht getan.

Baby hatte Ilya gefunden. Ilya und die kleine Katze, nebenan, in ihrem geheimen Garten, in dem Häuschen, in dem sie den langen Sommer über den Tieren Schutz geboten hatte. Baby hatte Ilya gefunden und sie zurückgebracht.

In den frühen Morgenstunden ging ein Aufatmen durch den Ort. Im Fernsehen meldete eine Meteorologin, dass die Hitze brach. Wolken. Regen. Wir warteten. Versuchten an den Scheiben zu unterscheiden, welches Grau der Brand hervorbrachte und welches neu aufzog. Und dann donnerte es. In dieser Stimmung, als hätte der ganze Ort einen kollektiven Sieg errungen, erblickte ich Dori. Sie kam durch den Garten, durch die Terrassentür, begriff nicht, was geschehen war. Sie hatte geschlafen. Ihr Haar klebte in nassen Strähnen an ihren Wangen, sie sah ungesund aus, bleich, mit roten Augen und trockenen, aufgesprungenen Lippen. Es war fast sechs. Sie fand Ilya, nahm sie aus Babys Arm, fragte schrill über den Lärm, was los war, was passiert war, wer all die Menschen waren, warum sie allein aufgewacht war, in meinem Bett. Baby organisierte ihr einen Stuhl und ein Glas Wasser. Ilya war wach und sicher. Sie hatte getrunken und gegessen, Baby hatte sie keine Sekunde aus den Augen gelassen.

Ich beobachtete die Szene aus der Entfernung.

Und dann wusste ich es. Sah es daran, wie Dori Ilya an sich presste, daran, wie ihr Blick mitten im Raum lag, ohne etwas zu greifen. Sie hatte eine Version der Geschehnisse erhalten. Sie saß und hielt ihr Kind und akzeptierte dabei ihre Schuld und ihre Unzulänglichkeit. Ich sah die Härte, mit der sie mit sich ins Gericht ging, wie die Anschuldigungen ihres Mannes wieder Zugriff erhielten, in ihr Halt fanden. Egoistisch, zerstörerisch. Unfähig, Ilya zu versorgen.

Ich wollte ihr sagen, dass er unrecht hatte. Euch geht es besser ohne ihn. Ich bin da, für dich, für Ilya. Aber welchen Platz hatte ich für Aussagen dieser Art. Was wusste ich von ihr, davon, ein Kind großzuziehen. Ich hatte ihr nichts anzubieten außer einem Ort, der kaum noch bewohnbar war. Kein Kapital, keine Möglichkeiten.

Während draußen der Regen einsetzte, in warmen Schnüren durch den Rauch fiel und im Kies dünne, staubige Rinnsale bildete, während drinnen die Menschen an den Fenstern standen, weinend, Erleichterung in den Gesichtern, saßen Dori und Ilya am Rand. Ich stand hinter dem Tresen. Ihr Körper, der jetzt wieder hart war, ihre Arme, die Linie ihres Kiefers. Ich sah, dass sie gekippt war.

Der Abgrund, der sich damit in mir auftat, erschreckte mich. Da, wo ich kurz ein gemeinsames Leben gesehen hatte, stand ich jetzt wieder allein. Ich sagte mir, dass ich nichts Reales verloren hatte. Das Haus am See, das Familienidyll, das alles war ja nie mehr als eine Fantasie gewesen. Mit Doris und Ilyas Abreise würde sich für mich nichts ändern, außer, dass mir ein Luftschloss abhandenkam. Ich würde mein Leben wiederhaben, die Ruhe, ich würde lesen, Musik hören, das Hotel instand setzen.

Ich verbarg meine Gedanken, lächelte Baby an, als sie sich neben mich stellte. Sie gab mir ein Sektglas, stieß mit ihrem dagegen, trank. Folgte meinem Blick. »Lass dir was sagen. Das Leben, Iris, ist ein Büfett. Jeder wählt sich aus, wie er's meint.« Sie hielt meine Hand, dass es wehtat. »Die Dori muss machen, was sie meint, für sich und die Kleine. Häng ihr nicht nach. Damit kannst du nicht konkurrieren.«

Ich wusste, dass das nicht stimmte. Alles wäre

besser für Dori und Ilya, als zurückzugehen. Der Gedanke an meinen Alltag war mir plötzlich unerträglich, und ich konnte nicht verstehen, wie ich all die Jahre so hatte leben können, einsam, ohne es zu merken. Es schien nichts für mich zu geben, als zwischen leeren Stühlen in den Regen zu blicken, bis die Feuer zurückkamen.

»Paula kommt her«, sagte ich. »Sie holt ihre Mutter.« Aber Baby wusste schon Bescheid. Ich sagte nicht, dass Paula mir angeboten hatte, zu ihnen zu kommen. Aber ich dachte, dass Baby auch das vielleicht wusste, auf eine Art.

»Jeder wählt sich's aus, Iris«, wiederholte sie. »Jeder muss selber schauen, wo er bleibt.«

13

Alexander Vargas erreichte das Hotel gegen Abend. Die Leute aus dem Ort waren inzwischen nach Hause gegangen, auch Baby. Ich hatte den Speisesaal aufgeräumt, die Zimmer gelüftet. In der Mülltonne lag obenauf der Sack mit den Vögeln, den Fischen. Die Luft des langen Sommers zog endlich nach draußen. Es war endlich vorbei. Der Garten, der Ahorn, die Wiese, der Waldrand, alles stand im Regen, verfärbt und verformt, und doch so, als könnte mit wenigen Handgriffen, mit etwas Zeit, etwas Wasser, etwas Raum, das Davor wieder nahezu identisch hergestellt werden.

Dori und Ilya waren in ihrem Zimmer. Als ich von der Rezeption aus den Mercedes auf den Parkplatz fahren sah, wusste ich sofort, wer darin saß und warum.

Der Motor wurde abgeschaltet, die Fahrertür öffnete sich, ein schwarzer Regenschirm wurde emporgehalten, aufgespannt. Dann, ein Rücken im weißen Hemd. Eine Hand, eine leichte Drehung, das beiläufige Absperren des Wagens per Knopfdruck. Das Surren der Verriegelung.

Dann standen wir uns gegenüber.

»Frau Lehmann.« Weiße Zähne, eine Frisur, in der jedes Haar exakt richtig platziert schien. Die Stimme, die ich bereits kannte. »Vielen Dank, dass Sie meiner Frau und mir in dieser Krise beigestanden haben.« Eine feste Hand, daran ein schmaler, goldener Ring.

Alles an ihm war verbindlich, zugeneigt, geschmackvoll. Er war der angenehmste Mensch der Welt. Da lag kein Vorwurf in seinem Blick, stattdessen stellte er betroffen-interessierte Fragen nach dem Zustand des Hotels, der Lage im Ort.

»Ich kann kaum erahnen, was der Regen für Sie bedeutet!«

Unaufdringliche eingestreute Scherze, um die Schwere des Austauschs zu dosieren. Ich konnte mir nur vorstellen, was ein weißer Kittel an diesem Mann bewirken mochte.

Ich rief Dori über das Zimmertelefon an. »Dein Mann ist hier.« Sie bedankte sich, als hätte es zwischen uns nie einen Austausch über ihn gegeben. Im Auflegen hörte ich sie noch: »Ilya, der Papa ist da!«

Gemeinsam sahen Alexander Vargas und ich den beiden entgegen. Zwei graue Figuren im Dämmerlicht, die über die nasse Veranda kamen. Tak tak tak, Doris Riemchenschuhe auf dem Holz, tap tap tap, Ilyas Sandalen. Dann, das Wiedersehen: der Mann, der nur auf das Kind blickte. Der sich hinabbückte, es hochhob, ihm eine nasse Strähne aus dem Gesicht strich. Ilya, die ihn nur ansah, sich halten ließ, dann ihr Blick zu Dori, die danebenstand. Sie war zurechtgemacht, frisiert, geschminkt. Ihre Hände waren ineinander gefaltet, das Armkettchen, ein Ehering, den ich bisher nicht an ihrer Hand gesehen hatte. Ihr glatter Blick, ein Lächeln für ihre Tochter, als wollte sie sagen: »Endlich sind wir wieder beisammen.«

Er setzte das Kind ab. »Hat sie schon gegessen?« Neben seiner perfekten Frisur, ihre perfekte Frisur. Neben seinem weißen Hemd, ihr helles Kleid. Sein Ring, ihr Ring.

Nach dem Abendessen verabschiedeten sich die drei und zogen sich in das Zimmer zurück. Ich räumte den Tisch ab. Es hatte aufgehört zu regnen, aber der Himmel war weiterhin bewölkt, das Rinnen des Wassers auf dem harten Grund füllte die Luft. Ich ging durch den Garten, stieg über die schwarzen Spulen, die von meinem Zaun übrig waren, und trat auf die Wiese. Es war kaum vorstellbar, dass dieses nasse Land noch vor Stunden in Flammen gestanden hatte. Nur die Schwärze des Bodens, des Waldes, erinnerte daran, der Geruch nach nasser Kohle. Ich fror ein bisschen und konnte mich kaum mehr an das Gefühl der unerträglichen Hitze auf der Haut erinnern. Von der Wiese aus sah ich das Fenster von Zimmer Nummer fünf in der rußigen Fassade. Die Hitze hatte die Angeln der Läden verzogen, sie schlossen leicht versetzt, und vor der Scheibe blieb ein schwarzer, offener Keil stehen. Innen musste es dunkel sein. Ich fragte mich, was nun dort passierte. Lagen sie zu dritt im großen Bett, Ilya in der Mitte? Saß jemand im Sessel? Gab es flüsternde Gespräche, Vorhaltungen, Entschuldigungen?

Ich ging langsam zurück, zurück auf mein Hotel, meinen Garten zu. Unter Schirmen waren am Nachmittag Menschen aus dem Ort über die Wiese gegangen, hatten die nassen Körper der verstorbenen Tiere eingesammelt. Was verbrannt war, wurde entsorgt.

Jetzt kam das Wasser, und das harte Land war nicht bereit. Vor dem Garten musste ich eine Rinne ausheben, Sandsäcke aufschichten. Ich hoffte, dass über den Winter der Grundwasserspiegel anstieg, trotz der Trockenheit des Bodens. Dass das Land nicht ausgespült wurde, dass der Bruch in seinen Ufern blieb.

Am Zaun blieb ich stehen, etwa eineinhalb Meter von Doris Tür entfernt. Alles war still. Ich blickte in die schwarze Nacht. Die Brandkante, das Schwelen, das den langen Sommer über den Wald in der Dunkelheit markiert hatte, war verschwunden. Obwohl ich mir sagte, dass Doris und Ilyas Situation nichts mehr mit mir zu tun hatte, fühlte ich eine zunehmende Unruhe in mir.

In der Nähe bewegte sich etwas, ich sah einen Glutpunkt, dahinter Babys Gesicht. Sie bot mir eine Zigarette an. »Jetzt darf man ja wieder.« Babys braune Augen auf meinem Gesicht, nah hinter der Flamme.

»Ich hab das Auto gesehen«, sagte sie. Wir rauchten.

»Willst du allein sein?«

Ich schüttelte den Kopf. Ich war froh, dass sie da war. Baby, die zum Ort gehörte, zum Hotel. Die den Großvater gekannt hatte, die Tante, meine Mutter, Großmutter. Sie hob sich schnaufend über die niedrige Schwelle, die der Zaun bildete. Umgriff fest meine Schultern, schob mich in ihren warmen Körper hinein, in ihre Achselhöhle, in ihren Geruch. Seife, Schweiß, Tabak, Waschpulver. Ich erinnerte mich an diesen Körper, an diese weiche Form. Ich erinnerte mich daran, nach dem

Tod der Mutter neben ihr geschlafen zu haben, vor dem Fernseher. Babys Kauen neben meiner Stirn, das Ablecken ihrer fettigen Finger, das Aufstoßen. Ich erinnerte mich an eine Hand, die über meinen Rücken fuhr, ruhig, ruhig, schlaf, schlaf, ich erinnerte mich an ihr kehliges Lachen.

Wir rauchten, ich in ihrem Griff. Dann drückte Baby unsere Zigaretten gegen den nassen Zaunpfosten, steckte sie in ihre Bauchtasche. Sie ließ mich los.

»Kennst du die Geschichten, wie wir immer nebenan waren, wenn der Opa wieder deine Mama am Wickel hatte?«

Ich nickte. Baby hatte mir davon erzählt, wie sie und meine Tante an der Wand gesessen und gelauscht hatten, darauf wartend, dass der Großvater endlich von meiner Mutter abließ.

Gemeinsam gingen wir auf das Zimmer mit der Nummer vier zu. Ich hatte den Raum am Nachmittag geputzt, gelüftet, die Laken abgezogen. Es roch, wie ich es am liebsten mochte. Nach Essig und Zitrone, endlich nicht mehr überdeckt von dem ewigen Rauch. Baby schob die Sessel zur Wand. Leise hörten wir die Stimme von Alexander Vargas aus dem anderen Zimmer. Ich verstand die Inhalte nicht, aber allein der Strang an Wörtern, der nicht abreißende Faden, den er spann und spann, das allein genügte. Von Dori hörte ich nichts. Ich stellte sie mir vor, wie sie vor ihm stand, wie ein Kind. Nickte, nickte, nickte. Alles annahm, was da kam.

Ich spürte Babys Hand auf meinem Arm. Sie schüttelte den Kopf. Wir konnten nichts tun.

Ich dachte an Baby und die Tante an der Wand, während nebenan die Mutter auf dem Stuhl saß und sich nicht rühren durfte. Während der Großvater sprach und sprach. Während es Mitternacht wurde, eins, zwei. Und niemand konnte schlafen, bis er fertig war. Meine Mutter, weil sie nicht durfte. Weil eine Regel gebrochen worden war, weil sie etwas Unerlaubtes gemacht hatte, weil sie nicht darauf kam, was es war. Die Tante, weil sie ihre Schwester nicht allein mit ihm lassen wollte. Baby, bereit, beim ersten Schlag zu reagieren, aufzuspringen, durch die Tür, meine Mutter vom Stuhl zu holen und sie davonzutragen. In meiner kindlichen Vorstellung war es immer der Großvater gewesen, den Baby in den Geschichten beschützt hatte. Ihn hatte sie davor bewahrt, etwas Schlimmes zu machen.

Im Licht der Nachttischlampe sah ich Babys Gesicht vor mir an der Wand, ihren großen Schatten. Ihre Brust, die mit jedem Atemzug an der Tapete rieb. Ich sah ihre weichen Hände, die Sehnen unter ihrer Haut. Was wäre aus der Mutter geworden, ohne Baby, was aus meiner Tante, aus dem Großvater, aus mir.

Ich lehnte mich in den Sessel. Wusste, dass ich schlafen konnte, weil sie da war. Dori und Ilya im Dunkel nebenan. Momente des Vorabends, der Nacht, kamen zu mir zurück, alles, was geschehen war. Die Hitze, das Feuer, Dori und ich zwischen den Laken, Dori und ich auf meinem Bett, die Suche nach Ilya. Die kleine Einheit, die wir gebildet hatten, Dori und ich und Baby und Cleo und Lou. Es schien mir, als wären wir zusammengepresst worden, von allem, was um uns passiert war, konzentriert auf einen Punkt in der Zeit. Und jetzt war es vorbei. Wir waren wieder Einzelne, auseinandergesprengt, sobald der Druck nachgelassen hatte.

Draußen der Regen und nebenan, vielleicht, Ilyas Hand auf der kleinen Sonne, die sich hob und senkte, hob und senkte unter dem Schwall aus Wörtern, der keine Datei mehr war, deren Übertragung geblockt werden konnte. Narzisstin. Egoistin. Mentally unfit. Unzurechnungsfähig. Keine Mutter für das Kind.

Im Morgengrauen wurde es endlich still im Nachbarzimmer. Baby streckte die Arme über den Kopf, gähnte mich an, hievte sich aus dem Sessel. Sie war nicht zum Einsatz gekommen.

Wir tranken noch einen Kaffee zusammen, sahen still auf unsere Wiese, auf den Ahorn, der wie ein schwarzer Zahn davorstand. Am Zaunpfosten verabschiedeten wir uns. Sie schlug mir auf die Schulter.

»Ich schau dann am Abend wieder vorbei«, sagte sie im Weggehen. »Mit Gulasch.«

Ich duschte mich, zog mich an. Es hatte wieder begonnen zu regnen. Über die rinnenden Gehsteige lief ich in den Ort, kaufte Brötchen, Butter, Marmelade, Milch, Äpfel, Pfirsiche, Fleisch, Kartoffeln, Reis. Ohne Maske, die kühle Luft auf der Haut. Die Fenster waren wieder frei, aus den nassen Mülltonnen quollen unkenntliche Formen in Schwarz, Gold, Silber. Verbranntes, Rettungsdecken, Masken.

Zurück im Hotel richtete ich das Frühstück für die Familie. Deckte den Tisch. Drei Teller, drei Tassen, zwei Messer. Ich schnitt Obst, kochte Kaffee, legte die Brötchen in einen Korb, die Butter auf einen Teller. Honig. Marmelade. Servietten. Milch in einem kleinen Kännchen.

Später beobachtete ich sie von der Rezeption aus. Vater, Mutter, Kind. Alexander, Dori, Ilya. Sie sprachen leise miteinander, er in langen Sätzen, sie in kurzen. Ihr Nicken, der Blick auf dem Teller. Sie tranken Kaffee und Milch, aßen Obst.

Durch die frisch geputzten Scheiben fiel die kühle Sonne auf die Tischplatte, tauchte alles in Weiß. Dori, in ihrem Kleid, mit einer Strickjacke darüber, den Riemchenschuhen. Ihr Lächeln, ihre Bewegungen, alles an ihr wirkte verkleinert. Sie saß dort, reduziert auf die pure Funktion.

Glänzendes Haar. Saubere Kleider. Saubere Fingernägel. Der Obstteller, der von Hand zu Hand gereicht wurde, die Eheringe im Sonnenlicht. Das Armkettchen.

Eine Familie. Eine Kindheit.

Ich dachte an einen Satz, den Dori gesagt hatte, als wir mit Cleo, Lou und Baby am Tisch gesessen hatten. »Ich bin ja jetzt das Einzige an Familie, das sie hat.« Und ich dachte mir, dass das genug gewesen wäre. Dass das, was Ilya brauchte, eine Mutter war, die Raum hatte, mehr zu sein als nur das. Einen ganzen Menschen. Dass es das war, was ich bisher nicht hatte greifen können, in all den Gedanken an meine Mutter. Dass sie sich nicht hatte kleinhalten lassen.

Ich sah Dori nur noch ein Mal, bevor sie abfuhren. Sie legte den Zimmerschlüssel auf den Tresen, lächelte an mir vorbei. Ich wollte sie fragen, bist du sicher, dass das der richtige Weg ist?, wollte ihr sagen, ihr könnt bleiben, ihr könnt immer zurückkommen. Aber es gab kein Gegenüber mehr für diese Art der Beschwörung. »Ich brauche noch eure Ausweise«, sagte ich stattdessen.

Sie nickte, fand sie diesmal sofort. Da stand ihr Name auf der kleinen Plastikkarte, der Ilyas in einem Kinderreisepass. Dorota Vargas. Ilya Elisabeth Vargas. Ich kommentierte es nicht, tippte die Adresse in das Buchungssystem, gab ihr die Dokumente zurück. Ich zögerte, fragte dann nach ihrer Telefonnummer. Später erst, als sie abgereist waren, las ich im Internet, dass Ansel, der Name, mit dem sie sich bei ihrer Ankunft vorgestellt hatte, ihr Mädchenname war. Als Dorota Ansel war sie als Schauspielerin aufgetreten.

Alexander Vargas durchquerte die Halle, er nickte, blickte dann zur Uhr, die an der Rezeption hing. Er hatte zuvor bereits alle Rechnungen beglichen, dabei großzügig aufgerundet. Er trug Ilya und den kleinen Koffer zum Auto. Wir winkten uns zu. Ich hätte sie gern noch umarmt, hatte das Kofferhaus bereitgestellt um es ihr zu schenken, aber ihr Vater schien auf die Abfahrt zu drängen, und ich ließ es stehen. Sie brauchte es nicht, sicher hatte sie genügend Spielsachen zu Hause.

Leise sagte ich zu Dori: »Ich hoffe wirklich, dass für euch alles gut weitergeht.«

Sie sah mich nur an, glatt, der kleine Zahn hinter den Lippen, dem Lippenstift, dem Lächeln. Zuckte dabei kurz mit den Schultern, als gäbe es sowieso nur diese eine Option für sie, nur dieses eine Leben.

Erst im Weggehen, als von draußen schon das Schlagen der Autotür, dann das der Kofferraumklappe zu hören war, sagte sie: »Ich hab jetzt sehr viel wiedergutzumachen.«

Als wäre meine Beteiligung ein Beitrag, der ihr Los noch weiter erschwert hatte. Ich schwieg.

Sie hob die Hand, bevor sie durch die Tür trat. »Danke für alles.«

Durch das Fenster sah ich zu, wie sie verschwand. Sich auf den Beifahrersitz setzte. Ihr Gesicht, hinter der Scheibe, die den grauen Himmel spiegelte, nicht mehr erkennbar.

14

Ich fand zwei Dinge, als ich das Zimmer der beiden reinigte: das Buch und das Armkettchen, das Dori in meinem Auto verloren hatte. Mir fiel ein, dass wir nie darüber gesprochen hatten, wohin sie damals gefahren war. Vermutlich war es eine ziellose Reise gewesen, ihr Umgang mit der Schlaflosigkeit. Eine kurze Hoffnung kam mir, die Vorstellung, dass ihre künftigen Fahrten eine mögliche Destination hatten, dass es von Berlin nach Bad Heim nur etwa sechs Stunden waren.

Ich nahm das Buch in die Hand und legte mich auf das ungemachte Bett. Das Fenster und die Tür standen offen, Wind kam über die Wiese, durch den Regen, zog in den Raum.

Auf der ersten Seite fand ich das Gedicht, das Dori einmal zitiert hatte:

er isst mich auf, bis nichts mehr ist
er isst mich auf, bis nichts mehr ist
er isst mich auf, bis nichts mehr ist
so lange bis

Das Satzfragment, mit dem das Gedicht endete, war unterstrichen worden. Eine dünne, graue Linie.

Eine Eröffnung, eine Zusage. So lange bis, das hieß doch, irgendwann würde es enden.

Ich las. Mit den Seiten entfaltete sich das frühere Bad Heim, aber auch: Zelte, Geschichten, Erinnerungen. Zwei Kinder im Zauberwald, ein kleiner sprechender Hund. Wort für Wort, Zeile für Zeile sah ich sie deutlicher vor mir. Ada Lumin. Die die vertrauten Züge trug, das blonde Haar, der Blick, als hielte sie ein Gewehr.

Luft füllte den Raum. Durch die Tür sah ich die kleine graue Katze durch den Garten schleichen. Es roch nach Regen. Endlich Regen. Ich spürte, wie mir kalt wurde.

Ich dachte an den Sommer, in dem der Großvater den Teich angelegt hatte, die Veranda hatte bauen lassen. Die Mutter am Telefon, die Mutter am Fenster, im Bett, auf der Liege. Die Mutter, die schrieb. Tagebucheinträge, wie ich dachte.

Ich dachte an den Großvater, der unser Gepäck trug, an den Großvater im Unterhemd, im Staub. Meine Mutter am Rand. Unbewegt. Hart gegen ihn. Hinter der Tür, an der Wand, der unausgepackte Koffer. Ich dachte, dass es immer dasselbe war, immer die Entscheidung zu gehen oder zu bleiben.

Ich dachte an Dori, an meine Mutter, an Paula.

An die Stare im Himmel.

Kreise. Kreise.

Jemand rief meinen Namen.

Baby, mit dem Gulasch.

FRANZISKA GÄNSLER
Wie Inseln im Licht

»Ein Buch wie das große Kino von Ozon und Sorrentino: flirrend, elegant und im besten Sinne skurril.«
Yael Inokai

An der französischen Atlantikküste blickt Zoey vom Dach ihres Hotels auf das Meer. Nach Jahren der intensiven Pflege legt sich nun, da die Mutter gestorben ist, neben die Trauer das Gefühl, zu sich selbst zurückzufinden. Doch während ihres Aufenthalts an der Küste werden längst vergrabene Erinnerungen hochgespült, schließlich hat sie hier früher einmal gelebt, gemeinsam mit ihrer Mutter und mit ihrer kleinen Schwester Oda. Plötzlich muss sich Zoey Fragen stellen, die sie jahrzehntelang unterdrückt hat, unterdrücken musste. Gemeinsam mit Marlène, die Zoey im Hotel kennenlernt, beginnt sie, das dunkle Geheimnis um Odas Verschwinden auszuleuchten und gleichzeitig Abschied von ihrer Mutter zu nehmen.

Roman
Gebunden, 208 Seiten
ISBN 978-3-0369-5034-1